風になるまで

前田 美代子

絵 いのうえ しんぢ

石風社

装画・装幀　いのうえ しんぢ

風になるまで

◉目次

風になるまで

若田川

「あいつら、今年も来るとやろうか」

慎矢《しんや》の背後《はいご》から、竹筒《たけづつ》をのぞきこみながら幸造《こうぞう》が声をかけた。

今日から夏休みだ。昼飯《ひるめし》を早めにすませた彼らは、チェーンのきれかかった自転車に二人乗りし、若田川《わかたがわ》へ魚捕《と》りにやってきた。長年にわたって堆積《たいせき》した土砂《どしゃ》が、川の中ほどまで細く伸《の》び、流れはいっそうゆるやかになっている。両岸をおおいつくす草々は土砂にそってはびこり、それは魚たちの格好《かっこう》のかくれ場所となっている。

去年、幸造は、ここでウナギを捕ったことがある。しかもそのとき、仕掛《しか》けの竹筒には二匹のウナギが入っていたのだ。直径七、八センチの竹の節をくりぬいて筒状にし、八十センチほどの長さにしてひと晩川の底へ沈《しず》めておく。普通《ふつう》はえさのドジョウやミミズを入れるのだが、幸造《こうぞう》はそんなことにはまったく気づかず、竹筒《たけづつ》だけを沈《しず》めた。そこに、一匹のウナギが入り、何を血迷《ちまよ》ったのか大ぶりの二匹目が入ったということらしい。竹筒の中で身動きがとれなくなったウナギは、まんまと幸造の手の中に収《おさ》まったのだった。おどり上がっては飛びはね、耳まで真《ま》っ赤《か》にして喜《よろこ》ぶ幸造。自《じ》慢《まん》げにひくひくと高さを増していく鼻。慎矢《しんや》に向けられた目には、あまりの興奮《こうふん》のためか涙《なみだ》がにじんでいた。

そのときの感動がいまだに忘れられないらしく、それ以後、ほかの魚には目もくれない。ウナギへの思いひとすじで六年生になった。

「なあ、あいつら、来るかなあ」

幸造は、こんどははっきりと慎矢に向かって尋《たず》ねる。

「知らん、おれ、何も聞いとらん」

「あいつらが来たら、また大事《おおごと》になるかもしれん。なあ、あげな台風はもうくわばら、くわばらや」

慎矢《しんや》もずっと気になって仕方がなかった「あいつら」のことを、お互い口にしたのは今日が初めてのことだった。それにしても、あの口ぶりから察《さっ》する限り、幸造《こうぞう》はあいつらを秘《ひそ》かに待っているのではないか、と慎矢は思う。

あいつらは、去年の夏、ふいにこの綾瀬《あやせ》にやってきた。緑一面の水田に広がる稲の穂先《ほさき》に、小さな白い花がつきはじめたころだ。その幼い穂をなぎ倒すような勢いで綾瀬を襲《おそ》った台風。あいつらは、その最中にやってきた。あいつらが来た日と、大型台風がたまたま重なっただけのことなのだが、慎矢たちには、台風を引き連れてきたという印象《いんしょう》ばかりが強く残ったのである。

そのとき、綾瀬地区は台風の目の中に入っていた。先ほどまでの強風はうそのように去って、どろんとした静けさの中に湿度《しつど》の高い無風のあたたかさがただよいはじめていた。

台風が去ったと早合点《はやがてん》した隣家《りんか》の幸造が、「慎、お宮に行こうぜ」と裏《うら》の畑を飛ぶように走ってきて声をかけた。朝から退屈《たいくつ》していた慎矢は、おうと応《こた》えてゴムぞうりに足を入れ家を出た。まだ危《あぶ》ないから外に出るなと祖父《そふ》の六平《ろっぺい》に止められたのだが、慎矢は、「わかっとる」とその声を無視した。台風はもうどこかへ行ったのだ、何の危《あぶ》ないことなどあるものかとつぶやき、幸造《こうぞう》と連れ立って神社へ向かったのである。

二人は、残間《ざんま》神社の隅《すみ》に立つ、樹齢《じゅれい》二百年の大楠《おおくす》を見上げた。大きく広がった枝葉は空をおおい、地上に薄青《うすあお》い影《かげ》を作っている。天気のいい日は、緑の葉かげからちらちらと木《こ》もれ日が降《ふ》りそそぐ。慎矢《しんや》は、モンシロチョウが風と遊んでいるように見えるその木もれ日が好きだ。大楠の下に立つと、モンシロチョウは慎矢の体に集まってきて、揺《ゆ》れる葉かげと一緒に踊《おど》るのだ。

大楠の根は、周囲に大きく張《は》りだしていて、座《すわ》るのにちょうどいい高さを保《たも》っている。くねくねと曲がったまま腕《うで》を伸《の》ばすこの根を、慎矢は秘《ひそ》かに「大蛇《だいじゃ》の背中」と呼んでいる。地中に潜《もぐ》ろうとして潜りきれない大蛇が、背中を残したまま固まってしまったものだと思っているのだ。二年生の頃、そっと幸造の耳にささやいたことがあるが、

「お前、アホか。これが大蛇のわけなかろうもん」

と笑《わら》いとばされてしまった。それ以後、二度と口にすることはないのだが、いまでもその思いを捨《す》てきれないでいる。

慎矢は、境内《けいだい》のあちらこちらに飛び散った木ぎれを拾い、大楠の根に腰《こし》を下ろした。そのとたん、ヒエーッと叫んで飛び上がった。たっぷりと雨を吸いこんだ木の肌《はだ》が、生き物のように

尻《しり》に張りついたのだ。慎矢《しんや》は走り出した。ぬれた尻を手で払い、木ぎれを打ちふりながら狛犬《こまいぬ》の周りを8の字型に走った。そのあとを、ゴォワー、ゴォワーと大声で叫びながら、両手を広げた幸造《こうぞう》が追いかける。台風になったつもりなのだろう。そのうち、幸造の弟の裕太《ゆうた》も加わり、遊び仲間のカド松もやってきて、台風の声はますます強大になった。

しばらくそうやって遊んでいると、ふいに大楠《おおくす》の上の方がざわめきだした。さっきまで、厚《あつ》い雲間《くもま》のところどころにのぞいていた青空が見えない。代《か》わりに、ものすごい速さで雲が動きはじめている。その雲の動きにせかされるように、大楠の枝葉が大きく揺《ゆ》れだした。

今日の大楠にはいつものやさしさはない。天にまでも届《とど》くかと思わせるほど高いところを強風が過ぎるとき、それは信じられないほどの大きな音を生む。大楠が風を呼ぶのか、風が大楠に挑《いど》みかかるのか、獣《けだもの》にも似たその音に慎矢はついおびえを感じてしまう。ゴオーッと音高く風が吹き荒れ、木の葉が散り、缶《かん》けりの缶がカラカラと転《ころ》がった。突然降《ふ》りだした大粒《おおつぶ》の雨が、風に乗って四方に飛び散っている。

台風の目が動いたのだ。綾瀬《あやせ》に、吹き返しの風雨がやってきた。そのあまりの激《はげ》しさに、慎矢たちは身動きがとれない。家に戻《もど》ることもできず、大あわてで石段をかけあがり社殿《しゃでん》に逃げこんだ。社殿の西側の板壁《いたかべ》には、十年前の空襲《くうしゅう》で受けた焼け跡《あと》が残っているのだが、慎矢も幸造もその事実を知らない。

社殿《しゃでん》には窓というものがない。腰板《こしいた》で囲まれただけの吹きさらしの床は、すっかり色あせている。天井《てんじょう》近くにかけられた絵馬《えま》も、もう、何の絵が描かれているのか見当《けんとう》もつかないほど傷《いた》んでいる。社殿の片隅《かたすみ》に、四人で肩《かた》を寄せ合って身をちぢめていると、雨の音にまじって車の止まる音が聞こえてきた。こんな嵐《あらし》の最中になんだろうと頭を持ち上げた彼らの目の先に、車から降《お》りる柏木武《かしわぎたけし》の細《ほそ》い後ろ姿《すがた》が見えた。四人はあわてて首を引っこめた。以前に一度叱《しか》られたことがあるのだ。

柏木武はこの神社の神主《かんぬし》である。土足のまま社殿に上がり込んでいるところを見つけられたら大変だ。黙《だま》っているはずがない。まだ昼を過ぎて間がないというのにあたりはすっかり暗く、空一面を重い雲がおおっている。風雨はますます激《はげ》しさを増し、逃げ出すすきなどどこにもない。彼らは、ぬれた床にはいつくばるようにして身をかくしていた。

慎矢《しんや》は、見つかったらどうしようという不安からそっと頭を上げ、柏木武の動きを目で追った。すると、車の後部《こうぶ》ドアが開き、二人の女の子が抱《だ》き合うようにして降りるのが見えた。小さい子のスカートが、風にあおられてひょうと舞《ま》い上がった。板壁《いたかべ》から頭《あたま》一つのぞかせ、ぼんやりとその様子《ようす》に見入っている慎矢。と、そのとき、大きい方の女の子が顔《かお》を上げ、あたりをうかがうようにふり向いた。女の子の目が、慎矢の顔をはっきりととらえた。慎矢は動けない。その目が、激しい怒《いか》りをふくんでいるように見えたからである。吹き荒れる風雨のなかで、そ

の目は鋭《するど》い光を放《はな》っていた。

慎矢《しんや》のそわそわした様子に、ほかの三人が伸《の》び上がってその視線《しせん》を追う。だが、いち早く背を向けた女の子たちは、柏木武《かしわぎたけし》の家の中に走りこんでいった。

「誰《だれ》かいな。ひえーっ、こげな台風のときに来るなんて、物好きな奴《やつ》やなあ」

幸造《こうぞう》の声を風が吹きちぎる。

「誰やったと。いまの、誰やったと」

「あっ、わかった！　ひょっとしたらあいつらのせいかもしれん。こげんひどか台風、あいつらが連れてきたに違《ちが》いなか」

「誰《だれ》、誰やったと、兄《あん》ちゃん」

じれったげな裕太《ゆうた》の眉根《まゆね》に、くっきりとたてじわが浮《う》いている。

「誰か知らん。知らんばってん、あいつらが台風ば連れてきたとに間違いなかぜ」

確信《かくしん》したように大きくうなずく幸造。いっしゅんちらりと見た知らない女の子たち。あの後ろ姿《すがた》だけでも綾瀬《あやせ》の子でないことは一目で分かる。

「お前、顔《かお》ば見たとやろ」

幸造が慎矢の脇腹《わきばら》をつつきながら、意味ありげな声音《こわね》でささやく。

「いや、見とらん」

そう答えながら、慎矢《しんや》は、自分の胸《むね》が激《はげ》しく高鳴るのを感じた。こんなふうに、どくどくと胸をたたきつける心臓の動きを、いままでに経験した覚《おぼ》えがない。風雨にも勝《まさ》るこの音を、幸《こう》造《ぞう》に聞かれるのではないかというおそれがいっそう慎矢をあわてさせた。慎矢は、消えかかった絵馬《えま》に目をそらした。

「あいつら、誰や。おまえ、何か聞いとらんとや」

「知らん、何も知らん」

「あのへなちょこ神主《かんぬし》とお前んとこ、親戚《しんせき》なんやろ、何か聞いとるやろ」

幸造がいつになくしつこく尋《たず》ねる。裕太《ゆうた》とカド松も身をよせて、慎矢の顔《かお》をのぞきこむ。

「おれ、何も知らん、知らん」

柏木武《かしわぎたけし》と慎矢の家は、たしかに親戚には違《ちが》いない。しかし、あまりにも遠い親戚関係で、何度聞いても理解《りかい》できない。つまり、柏木武のひいひいばあさんと、慎矢のひいひいばあさんが姉妹だったというだけのことなのだ。何度かひいひいひいと指を折って考えたこともあったが、ばかばかしくなってやめた覚《おぼ》えがある。親戚という意識《いしき》がとぼしい慎矢に比べ、柏木武は「ひいひいばあさんの実家」である慎矢の家に盆《ぼん》と暮《く》れの届け物を忘れたことがない。

「ふうん、慎がそげん言うとなら知らんとやろ。けど、顔《かお》見たかったたな」

——顔は見なかった。おれが見たのはあいつの目だけだ。

そっと心の内でつぶやきながら、おさまっていた胸《むね》の鼓動《こどう》がふたたび騒《さわ》ぎ出すのを感じていた。風はいくぶん遠のいたが、雨はまだはげしく降《ふ》り続いてる。慎矢《しんや》は、心の中をかくすように身をかがめ、雨の中に飛び出した。

「ちぇっ、今日は収穫《しゅうかく》なしかよォ」

去年の夏、二匹のウナギが入った竹筒《たけづつ》を、幸造《こうぞう》はそのまま使っている。あのときの験《げん》をかついでいるのだが、「柳《やなぎ》の下にドジョウは二匹いない」のたとえがあるように、そんなにうまい話は続かないものだ。それでも、一匹ぐらい入っとってもよかろうに、とあきらめることをしない。

「今日は、じゃなかろ。今日も、だろ。お前ずうっと同じことばっかり言うとるぜ。ほら見ろ、おれ、こげん捕《と》ったぜ」

慎矢はバケツをのぞきこむ。小ブナとドジョウが一匹ずつ、川ガニが三匹、小さなバケツの中でもがいている。今日は特別だ。こんな大漁《たいりょう》の日はめったにない。

「ヘッ、そげな雑魚《ざこ》どもくそっくらえだ。おれはウナギ捕りの名人さまだぞ。そのうちばんば ん捕ってやる。覚《おぼ》えとけ」

今日はもうやめた、と言わんばかりに幸造が土手に寝ころぶ。慎矢も隣《となり》に並《なら》びながら、バケツの中に草の葉をちぎって入れた。魚たちは、草の葉かげで生き返ったように元気をとりもどしている。

太陽はおおいかぶさるように真上から照《て》りつけ、じりじりと彼らの肌《はだ》を焼く。こんな日が毎日続くのだから、黒くなるのに時間はかからない。夏休み前から、二人ともすでに真っ黒に日焼けしている。

前方に帯《おび》のように広がる奈木《なぎ》の丘を抜けてきた一陣《いちじん》の風が、おどけたように川面《かわも》を波打たせた。風は、彼らの焼けた肌《はだ》にいっしゅんの涼感《りょうかん》を与《あた》え、川原のミゾソバの花々をさわやかに揺《ゆ》らし、たわむれた。

「なあ、慎。姉ちゃんの方、名前、何て言うとったかなあ」

リコ、と答えながら、知っとるくせに何やと慎矢《しんや》は幸造《こうぞう》をにらんだ。

「そうや、そうや。リコ。うん、あのリコってやつ、何であげな恐《おそ》ろしか顔《かお》しとったとやろ」

「さあ」

顔ではない。恐ろしいのは目だ。慎矢はそう言いたかったが、あいまいな返事を返しただけで再び川の中に入った。

リコ

あの台風の翌日から、リコと妹の麻紀江《まきえ》はしょっちゅう境内《けいだい》に姿《すがた》を見せるようになった。リコは慎矢《しんや》たちと同じ五年生で、麻紀江は一年生。夏休みいっぱいを綾瀬《あやせ》で過ごすから遊んでやってくれと、二人を連れて柏木武《かしわぎたけし》が慎矢の家にあいさつに来た。応対《おうたい》に出た六平《ろっぺい》と母の則子《のりこ》に、

「大阪の博行《ひろゆき》の子ですたい」

と、少しさびしげな声で言った。「博行」とは、柏木武の末の弟で、小さいときに大阪の親類の養子《ようし》になったのだという。

——大阪？　大阪ってどの辺にあったかなあ。

日本地図を頭の中に広げ、しきりに「大阪」を探《さが》すが、ここだと言える自信がない。

「こん子は体の弱かけん、よろしゅうな」

柏木武《かしわぎたけし》は麻紀江《まきえ》の肩《かた》に手を乗せ、愛想笑《あいそうわら》いをしながら慎矢《しんや》に目を移した。そのとき、麻紀江が「こんにちは」と言ったのだが、その言葉《ことば》の抑揚《よくよう》に慎矢は驚《おどろ》いていた。たしかに「こんにちは」って言ったよな、でもこんにちはじゃなかったぞ、と思わず自分の耳に手を当てていた。

「あっ、お姉ちゃん、ヒヨコや、ヒヨコがぎょうさんおるでえ」

物置《ものおき》小屋の隣《となり》の小さな鶏舎《けいしゃ》に、数羽の鶏《にわとり》が飼われている。その鶏にまとわりつくように、こきざみに動き回るヒヨコ。麻紀江は目を見はって鶏舎の金網《かなあみ》に飛びつく。

「リコ、おまえもちゃんとあいさつせんか」

リコと呼ばれた女の子は、ギロリとした目で慎矢をいちべつし、けわしい表情《ひょうじょう》のまま麻紀江のあとを追った。ひと言も口を開かず、真一文字《まいちもんじ》に結《むす》んだ唇《くちびる》。見なれない女の子たちの動きにぼうぜんとしていた慎矢は、突《つ》き刺《さ》すようなリコのまなざしにたじたじとなっていた。

柏木武は、なぜ麻紀江のことを「体の弱い子」などと言ったのだろう。体が弱いどころか、麻紀江ははつらつとした子だった。境内《けいだい》で遊ぶ男の子や女の子たちの輪《わ》の中に平気で入り、何の違和感《いわかん》もなくとけこんだ。その小さな口もとからつぎつぎに飛び出してくる大阪弁がかわいらしく珍《めずら》しくもあり、またたくまに子供たちの人気者になっていた。幸造《こうぞう》の妹露子《つゆこ》は、同じ歳《とし》の麻紀江と遊びたがったが、麻紀江はいつも慎矢たちとの遊びを好んだ。若田川《わかたがわ》での魚捕《と》りや水遊び、虫捕り、木登り、車輪《しゃりん》まわし、陣《じん》取り合戦。いつもはち切れそうな元気にあふれ、汗《あせ》

でぬれたおかっぱが黒く光っていた。初めは慎重《しんちょう》に接していた彼らだったが、いつの間にかそんなことは忘れ去っていた。それほど麻紀江《まきえ》は元気者だったのである。

姉のリコは、そんな妹から決して目を離《はな》さない。遊びの仲間には入らず、ただ遠くから妹の動きを見つめ続けるのだ。妹の無邪気《むじゃき》な動きにいつもハラハラし、あの鋭《するど》い目がとつぜん不安そうにくもることが幾度《いくど》もあった。麻紀江がなにかの拍子《ひょうし》で転《ころ》んだりすると、さっとかけよって抱《だ》き上げ、怪我《けが》していないかと体中を調べる。たった一度だが、表情薄《ひょうじょううす》いリコの顔《かお》が真《ま》っ青《さお》になったことがある。「馬乗り」のとき、つまずいて転んだ麻紀江は両ひざにすり傷を負《お》った。少量の血がにじみ出た。ほかの子だったら自分のツバをつけておしまいなのだが、リコは顔色を変えた。そして慎矢《しんや》たちに、とがめるような鋭い視線《しせん》を投げつけたのだった。こいつのこの目は何だ、ぞっとするぜと慎矢は首をすくめ、近よりがたいものを感じていた。

リコはほとんど言葉《ことば》を発しない。声が出ないのか、言葉が出ないのか、慎矢たちには大きな疑問《ぎもん》だった。だが、麻紀江と普通《ふつう》に話しているところを見ると、ただ無口な女の子なのかも知れなかった。

盆《ぼん》が近づいたある日、リコと麻紀江が急に大阪に帰ることになった。その前の夜、慎矢は、泣《な》き叫《さけ》ぶリコの姿《すがた》を目の当《ま》たりにしたのだった。

兄の恭一《きょういち》と二人で隣村《となりむら》の親類から戻《もど》る途中、柏木武《かしわぎたけし》の家の中から何やら言い争う声がもれてきた。リコの声だ。何かをこわがっているようなその声には、悲しい怒《いか》りがこめられているように思えた。

「いやや、いやや、帰らへん。うち、帰らへん。絶対《ぜったい》いややァ」

激《はげ》しい勢《いきお》いで玄関の戸を開け、泣《な》き叫《さけ》びながらリコが飛び出してきた。そのまま神社の中にかけこみ、大きくうねった大楠《おおくす》の根に身を投げ出して泣いた。

いったいどうしたのだろう。どうしてやればいいのだろう。心臓がどくどくと波打つのを感じながら、慎矢《しんや》自身が泣きそうであった。慎矢は、ぶるぶるとふるえる手で恭一《きょういち》の腕《うで》をつかんだ。初めはびっくりしていた恭一だったが、大きくうなずきながらゆっくりと境内《けいだい》に入って行った。

「どげんしたとや」

泣きふすリコの横に座《すわ》りこんだ恭一が、大楠を見上げながらそっと声をかける。

「何か泣きたかことのあったとや、うん、そうか」

恭一は、リコと話をしたことはない。はっきりと姿《すがた》を見たこともないだろう。いつも野球の練習で帰りが遅《おそ》く、夏休みの間も学校へ行っているのだ。そんな恭一が、気負《きお》うことなくリコに話しかけている。恭一がそこにいるだけで、あたりには落ち着きと安心感が漂《ただよ》いはじめているようだ。慎矢はおどろいて兄の姿に見入った。空には星がまたたきはじめ、社殿《しゃでん》の裏《うら》ではフクロウが鳴いている。

かすかな寝息《ねいき》のように、さわっと風が動いた。

小さな咳《せき》を数回くり返したリコは、てのひらで涙《なみだ》をふきながら身《み》を起こした。大楠《おおくす》の葉の間からもれてくる星明かりの中でも、その表情《ひょうじょう》はよく見えない。肩《かた》まで伸《の》びた髪《かみ》がはらりと揺《ゆ》れ、白いうなじをかすかにふるわせてリコは立ち上がった。そのまま数秒間立ちすくんだあと、慎《しん》矢《や》たちに言葉をかけることもなく柏木武《かしわぎたけし》の家に戻《もど》って行ったのだった。

恭一《きょういち》は、その夜の出来事をまったく口にすることはなかった。慎矢に対して口止めするでもなく、自然のままであった。そんな兄の様子を見た慎矢もまた、兄弟のような幸造《こうぞう》にさえ、その夜のリコの話をしなかったのである。

翌朝《よくあさ》、リコたち姉妹は、柏木武とともに一番のバスで町へ下った。志水《しみず》駅から汽車に乗り、博多《はかた》駅で急行列車に乗りかえて大阪へ帰るということであった。

さいならと、バスの窓から小さな手をふる麻紀江《まきえ》。その横でうなだれているリコのくちびるは、相変《あいか》わらず固く閉《と》ざされている。眠い目をこすりながら見送りに出た慎矢は、母則子《のりこ》の後ろから麻紀江に向かって小さく手をふりながら、そっとリコに目を走らせた。ここにいるリコは、夕べ、感情をむき出しにして泣《な》き叫《さけ》んでいた女の子ではない。きつくかみしめているに違《ちが》いない奥歯《おくば》のあたりから、きりきりと悲しみの音が聞こえてくるような顔《かお》つきであった。その目には、あの射《い》るような鋭《するど》さはない。ぼうぜんとしたあきらめの色に支配《しはい》され、その影《かげ》すら見えなかった。

「盆《ぼん》が過ぎたら戻《もど》ってくるけん、また遊んでやってな」

見送る慎矢《しんや》たちに、柏木武《かしわぎたけし》は機嫌《きげん》よく声をかけた。

激《はげ》しく降《ふ》りそそぐ真夏の太陽も、盆を過ぎるといくらかその勢《いきお》いも静まり、吹く風にも涼《すず》しさを感じるときがある。チラチラ踊《おど》る木《こ》もれ日を浴びながら、いつものように境内《けいだい》で遊んでいる慎矢たちのところへ、ひょっこりと柏木武がやってきた。だが、リコたちの姿はない。

「おい、誰《だれ》か悪さしたとや」

いち早くその姿《すがた》を目にした幸造《こうぞう》が、身をかがめてささやく。

「何もしとらんぜ」

「おれも」

「あっ、おれ、あそこでしょんべんした」

泣きそうな小声でカド松が社殿《しゃでん》の横を指《さ》す。おしっこで地面にへのへのもへじを書いたばかりなのだ。それればかりではない。連れだって放尿《ほうにょう》した裕太《ゆうた》が、柱に向けて勢《いきお》いよくとばしたその跡《あと》が、墨絵《すみえ》のようにくっきりと残っているのだ。柏木武に怒《おこ》られる、とカド松と裕太は肩《かた》をすくめた。

柏木家は、代々この残間《ざんま》神社の神主《かんぬし》を受けつぎ、柏木武《かしわぎたけし》で九代目になるらしい。神主の仕事といっても、いまでは秋の豊穣祭《ほうじょうさい》と正月元旦《がんたん》に簡単《かんたん》な祝詞《のりと》を唱《とな》えるだけだ。本業は役場《やくば》の職員《しょくいん》で、この境内《けいだい》に姿《すがた》を見せることはめったにない。

幸造《こうぞう》が、柏木武を「へなちょこ神主」と呼ぶには理由がある。幸造は見たのだ。自転車に乗った柏木武の頭上に、道沿《ぞ》いの木の枝から、大きな青大将《あおだいしょう》がぶらんと垂《た》れ下がったしゅんかんを。青大将は、柏木武の目の前で、楽しむように二、三度揺《ゆ》れたあと地面に落ち、ぬるりと身をくねらせながら草むらに消えたのだ。柏木武は自転車の下敷《したじ》きになっていた。腰を抜かしたのか、大きく口を開けたまましばらくその場にうずくまっていた。やがて辺《あた》りをうかがいながら自転車を起こし、なにごともなかったように立ち去ったのだが、その一部始終《いちぶしじゅう》を幸造にしっかりと見られていたのである。青大将のしっぽをつかんでぐるぐると空中に円を描《えが》ける幸造には、こっけいな大人と映《うつ》ったのだろう。

「神主いうても大したことなか。へなちょこたい」

慎矢《しんや》はその話を聞きながら、「おれも青大将は好かん、人ごとじゃなか」と柏木武に同情したのだった。

その柏木武が、大阪の土産《みやげ》だと言って粟《あわ》おこしを持って現《あらわ》れたのだ。叱《しか》られるとばかり思っていた彼らは、すぐにはその菓子を受け取ることが出来ない。それにリコたちがいないではな

いか。どんな理由があるのか知らないが、リコは、大阪に帰りたくないとあんなにも激《はげ》しく泣《な》き叫《さけ》んでいた。それを知っている慎矢《しんや》は、だからこそ絶対《ぜったい》に戻《もど》ってくると確信《かくしん》していたのだ。

いったいどういうことだろうと、きっとした目で柏木武《かしわぎたけし》を見つめた。

「麻紀江《まきえ》とよう遊んでくれておおきに」

袋《ふくろ》から取り出した粟《あわ》おこしを一人ひとりに手渡《わた》しながら、柏木武がおだやかな顔《かお》で言った。

「麻紀江ちゃんはもう来んとね」

幸造《こうぞう》の後ろにかくれるようにして、声を落とした裕太《ゆうた》が尋《たず》ねる。

「ああ、大阪へ帰ってすぐ熱の出たとたい。あん子はよう熱出す子でなあ。ばってん、ここにおるときゃ一度も熱出さんやったとぞ。あん子にゃ、ここの空気がよかとかもしれん」

「そんなら、何で綾瀬《あやせ》に来んとですか」

幸造が、頬《ほほ》をふくらませながら聞く。

「入院したとたい」

「入院？」

みんな驚《おどろ》いて目を丸くした。

「麻紀江ちゃん、どこか悪かとですか」

「麻紀江じゃなか。入院したとはリコの方たい」

はっ？　わけが分からない！

慎矢《しんや》も幸造《こうぞう》も、合点《がてん》がいかないような目で柏木武《かしわぎたけし》を見つめた。もっとはっきり説明してくれよな。入院したのがよく熱を出す麻紀江《まきえ》ではなく、あの笑顔ひとつ見せたことのないリコの方だって？　どこか怪我《けが》でもしたのだろうか。

「リコはここにおる時から咳《せき》のよう出よったとたい。大阪で病院に行ったら肺炎《はいえん》ば起こしとると言われてな、入院たい。けんど軽かげな。夏休みが終わるころにゃ退院できるやろう。そういうわけたい。ほれ、この粟《あわ》おこしは大阪名物たい。あん子たちにも分けてやれ」

社殿《しゃでん》の横で、露子《つゆこ》たち女の子がゴムとびをしている。柏木武は、そちらの方へチラリと視線《しせん》を動かして慎矢に菓子袋《かしぶくろ》を渡《わた》した。

カリコリと粟おこしをかみ砕《くだ》きながら、慎矢は地面に目を落とした。あの夜、大楠《おおくす》の下で泣《な》いていたリコの姿《すがた》が目に浮かんでくる。リコは大丈夫だろうか。

「あいつら、結局、あれっきりやったな」

「ああ」

「あのへなちょこ神主《かんぬし》、リコは肺炎って言いよったけど、もう治《なお》っとるよな」

「軽かったとやけん、もう治っとるやろ」

精一杯《せいいっぱい》心配していながら、幸造の問いかけには平静《へいせい》を装《よそお》っている自分に、慎矢はどぎまぎしていた。

あの、大型台風とともにやってきた二人の女の子が綾瀬《あやせ》にいたのは、わずかに二週間ほどであった。確かにその日数は少なかったが、ものおじしない麻紀江《まきえ》は誰《だれ》とでもすぐ仲良《なかよ》しになった。特徴《とくちょう》のある大阪弁で明るくおしゃべりをし、男の子たちに混《ま》じってセミ捕《と》りや缶《かん》けり、陣《じん》取り合戦など何でもいっしょに遊んだ。かわいい子だったな、と妹のいない慎矢《しんや》はひとり思い出してはほほえむことがある。だが、心を閉《と》ざしたようなリコの方は、ついに誰とも口を利《き》かなかった。

——不思議な子だ。

慎矢の耳には、あの夜のリコの泣《な》き声がはっきりと残っている。

——あいつは、あの泣き声だけを残して綾瀬から消えたんだ。

台風とともにやってきて、またあわただしく去《さ》って行ったリコたち。ずうっと気になりながら口にすることもなかった慎矢だったが、それは幸造《こうぞう》も同じことだったようである。

雷鳴

あの日から、一年が過ぎた。小学校最後の夏休みを迎えた慎矢《しんや》と幸造《こうぞう》だったが、五年生だろうと六年生だろうと夏休みに変化などない。相変《あいか》わらず宿題を投げ出し、境内《けいだい》で遊び、川に入っては魚を追《お》う毎日だ。

ところが、ひとつだけ、慎矢自身も幸造もびっくりすることがあった。この一年の間に、慎矢の身長が八センチも伸《の》びたのだ。あと二センチ伸びれば幸造と同じ背丈《せたけ》になる。

「お前、動きまわらんでじっとしとけ」

「何でや」

「背の伸びんごと、おとなしゅうしとけや」

じょうだんとも本気ともとれるその言葉《ことば》に、お前、アホかと慎矢は反論《はんろん》する。

「背の伸《の》びるときは、眠っとっても伸びるとぞ。ギシッ、ギシッって音たてながら自分の知らんあいだに伸びるとぞ」

いつか恭一《きょういち》が語っていた言葉《ことば》をそのまま幸造《こうぞう》に投げつけながら、お前ば追《お》い越《こ》すともうすぐたいと言い放《はな》った。

——そう言えば、あいつ、おれよりでかかったな。

慎矢《しんや》の記憶《きおく》の中のリコは、いつも怒《おこ》っている。怒った顔、鋭《するど》い目。女の子らしいやさしさなど感じられない変な子だった。だけど、あいつは泣《な》いたんだ、と慎矢の思いは必ずそこに行きつく。何かが欲しいとか、どこかが痛《いた》いとかではなく、大阪に帰りたくないと言って泣いたのだ。大阪はリコが生まれた町。両親が待っているだろうに、なぜあのように激《はげ》しく泣き叫《さけ》んだのだろう。おれにはわからん、と慎矢は心のふたを閉《と》じながら幸造に声をかけた。

「おい、もう帰ろうぜ」

慎矢は空を仰《あお》ぐ。奈木《なぎ》の丘にかかった入道雲《にゅうどうぐも》が形を変え、水平に広がりはじめている。

「来るな。ぜったい来る」

胸の内で小さくつぶやきながら、慎矢は立ち上がった。

このところ、連日《れんじつ》三十度近い猛暑《もうしょ》が続いていて、三時頃になるとよく夕立《ゆうだち》がきた。まれに、青空に雷鳴《らいめい》がとどろくだけということもあったが、たいていは激しい雨になって肌《はだ》にあたると痛《いた》いほどであった。夕立《ゆうだち》はカミナリをひきつれ、稲妻《いなずま》も走って空は一変《いっぺん》する。慎矢《しんや》は、このカミナリが何よりもこわい。

「ほっ、来るぞ、来るぞ。カミナリが来るぞ。慎ちゃん慎ちゃん遊ぼうぜって、カミナリどんがやって来るぞ」

幸造《こうぞう》が、おどけた口調《くちょう》のまま手早く釣《つ》り道具を片づけはじめた。慎矢をからかってはみるものの、その恐怖心《きょうふしん》をあおるつもりはない。むしろ、守ってやりたいのだ。

慎矢のカミナリ嫌《ぎら》いを、幸造はよく知っている。

慎矢が五歳の夏、残間《ざんま》神社の杉の木にカミナリが落ちた。境内《けいだい》には、杉よりも高くそびえ立つ大楠《おおくす》や銀杏《いちょう》の木があったのだが、カミナリは南側の杉の木に落ちた。ぽつぽつと雨は降《ふ》りはじめていたが、雷鳴《らいめい》はまだまだ遠くに感じられた。足早に近づいてきた黒雲が空をおおい、さあっと地上に暗い影《かげ》が広がったしゅんかん、突然落雷《とつぜんらくらい》したのだ。ちょうど、昼寝《ひるね》から目覚《めざ》めたばかりの慎矢に、恭一《きょういち》がおやつ代わりのトマトを手渡《わた》そうとしたときだった。ドッカァンと、鼓膜《こまく》を突き抜けるような大音響《だいおんきょう》がしたとたん、横たわっていた慎矢の体が浮いた。いや、落雷の衝撃《しょうげき》で吹き飛ばされたのだ。慎矢の体は恭一を直撃《ちょくげき》した。恭一は、側《そば》にある応接台《おうせつだい》の角《かど》に後頭部《こうとうぶ》を打ちつけ気絶《きぜつ》した。ポカンとしたまま倒《たお》れた恭一を見つめている慎矢の目に、たたみ一

面に赤い液体《えきたい》がじわじわと広がるのが見えた。

激《はげ》しさを増《ま》した雨は地面を打ち、はね返ってはそこら中に水たまりを作っている。つい先ほどまで、うるさいほどに鳴いていたアブラゼミの声も消え、雨の音だけが夏の庭をおおいつくしている。母屋《おもや》と向かい合って建《た》つ小屋から、何気《なにげ》なく外をのぞいた則子《のりこ》の目に、泣《な》き叫《さけ》ぶ慎矢《しんや》の姿《すがた》が映《うつ》った。いまの落雷《らくらい》の音におびえて泣いているのだろうと、片頬《かたほほ》に笑みを浮かべようとしたが、不思議《ふしぎ》に胸騒《むなさわ》ぎがする。ひと呼吸おいても静まらない動悸《どうき》。則子は、ずぶぬれになりながら母屋にかけこんだ。

座敷《ざしき》の中央、ケヤキの応接台《おうせつだい》の横で、仰《あお》向《む》けになった恭一《きょういち》がかすかにうめき声を上げていた。その頭《あたま》の周囲のたたみは血に染《そ》まっている。則子《のりこ》は悲鳴《ひめい》を上げた。側《そば》で泣《な》きじゃくる慎矢《しんや》が、おびえて則子にしがみついてくる。その慎矢をじゃけんにつきはなした則子は、狂《くる》ったような勢《いきお》いで恭一《きょういち》を抱《だ》き上げた。

慎矢の父は長崎の造船所で働いていて、年に四回ほどしか帰ってこない。頼《たよ》りになる祖父《そふ》の六平《ろっぺい》は、前日から親類に出かけている。真っ青になったまま、則子は二軒先の自転車店にかけこんだ。村には病院がない。こんな大事なときは、自動車を持っている太田自転車店だけが頼りであった。

店の主人は、ちょうど残間《ざんま》神社から戻《もど》ったところであった。近所の人たちと落雷《らくらい》した杉の様《よう》子を見に行っていたのである。杉の木の南側の枝が黒くなってごっそりと落ちてはいたが、杉《す》は無事《ぶじ》であった。居合《いあ》わせた人たちと一服《いっぷく》しているところへ、恭一を抱《だ》きしめた則子が現れたのだ。

「恭一がカミナリにやられたって」

店内は大騒《さわ》ぎになった。偶然《ぐうぜん》にも、父親の自転車の、パンクの修理《しゅうり》についてきていた幸造《こうぞう》がそこにいた。幸造は、血を流してぐったりしている恭一よりも、則子の後ろでずぶぬれのまま泣きじゃくる慎矢の姿《すがた》に驚《おどろ》き、すぐに手を取って肩《かた》を抱いたのだった。

店の主人は則子に落ち着くように言うと、油がしみついたままの手でオート三輪車のエンジンをかけ、町の病院《びょういん》へと急いだ。

恭一《きょういち》の傷《きず》は四センチほどで深くもなかったので、六針縫《ぬ》っただけですんだ。レントゲンでも異常《いじょう》はなく、その日のうちに家に戻《もど》った。恭一が落雷《らくらい》にあったと人々はうわさし合ったが、直接落雷の余波《よは》を受けたのは慎矢《しんや》である。二十メートルも離《はな》れた地点の落雷の振動《しんどう》で慎矢が吹き飛び、その慎矢に突き飛ばされた形で恭一が怪我《けが》をしたのが真相《しんそう》だ。しかし、則子《のりこ》には、子供とはいえそんなに離れたところにいて果たして人が飛ぶものだろうか、という疑問《ぎもん》があった。それで、やはり、落雷の被害《ひがい》を受けたのは恭一にまちがいないと思いこんでいる。だからと言うわけでもないだろうが、ときおり恭一が意味不明の言動《げんどう》をすると、

「あん子は頭《あたま》ば打っとるけん、しょうがなか。カミナリのせいじゃどうにもならん」

と、あきらめ顔《がお》になるのであった。

恭一の坊主頭《ぼうずあたま》には、そのときの傷跡《きずあと》が残っている。そこだけ髪《かみ》の毛が生えず、みみずばれのようにピンク色の肉が盛《も》り上がったままだ。その兄の頭を見るたびに、慎矢はあの日の落雷の音を思い出す。倒《たお》れた兄の頭から吹き出した、赤い血の恐怖《きょうふ》。それにもまして深く記憶《きおく》されているのは、慎矢をつきとばした鬼《おに》のような母の姿《すがた》だ。そして幸造《こうぞう》もまた、血に染《そ》まった恭一の姿とともに、涙《なみだ》の顔を引きつらせたままぼうぜんとする慎矢の、冷たい手の感触《かんしょく》がいまも強く残っているのだった。

そんなわけで、慎矢《しんや》は、六年生になったいまでもカミナリが嫌《きら》いだ。この時期、慎矢の家の三畳《さんじょう》の部屋には、一日中蚊帳《かや》が吊《つ》ってある。蚊帳は麻布《あさぬの》で作られていて、昔から電気を通さないと言われてきた。それでたいてい、どこの家でもカミナリが鳴り出すと急いで蚊帳を吊った。

「カミナリさんにへそとられるばい。早よ、蚊帳ん中に入んしゃい」

親たちは、そう言って子供に声をかけたものだ。

「カミナリがへそば食うってほんなことやろか。うまかとやろか」

一、二年生のころ、そう言って蚊帳の中でおびえる慎矢のへそをペロリとなめ、

「げええっ、慎のへそはせんぶりよりまずか。こんなもん、カミナリでも食わんぞ。心配するな」

と、幸造《こうぞう》は顔《かお》をしかめて見せたものである。

幸造は、迷信《めいしん》じみた習慣《しゅうかん》には否定的《ひていてき》であった。あんな透《す》き通った薄《うす》い布《ぬの》一枚で、カミナリなど防《ふせ》げるはずがないではないか、と頭《あたま》から受けつけない。しかし、五歳の夏の記憶《きおく》を背負《せお》い、雷鳴《らいめい》のたびにおびえるようになった慎矢につきあって、幸造は同じ蚊帳で過ごすことが多かったのだ。

一方、落雷《らくらい》のとばっちりを受けて怪我《けが》をした恭一《きょういち》は、カミナリをこわがることはまったくない。どんなに大きな音がしても、まるで聞こえないかのように平然《へいぜん》としているのだ。あるとき、

則子《のりこ》は「こん子の耳は聞こえんごたる」と悩《なや》んだ末、病院へ連れて行ったことがある。だが、恭一《きょういち》の耳は正常どころか、医者も驚《おどろ》くほど遠くの音が聞こえるということが分かったのであった。

恭一が五年生になって間もないころ、こんなことがあった。

「先生がね、恭《きょう》ちゃんにチョークば投げつけたとよ」

同級生の郁夫《いくお》が則子に告げにきた。

「恭ちゃん、授業《じゅぎょう》中によそ見ばしとった言うて先生が怒《おこ》っとった」

どこか得意《とくい》げな郁夫の様子《ようす》に、則子は腹立たしさを覚《おぼ》えていた。告《つ》げ口は好《す》かん、恭一から直接聞きたいと思ったが、そんなことを話す恭一ではない。だが、教室の中で、チョークを投げつけられるなんて普通《ふつう》じゃない。

「恭ちゃんね、授業ば抜《ぬ》け出してどっかへ行って戻《もど》ってこんやったとよ」

そういえば風呂場《ふろば》に汚《よご》れた服があった。けんかでもしたのだろうか。

則子《のりこ》は、夕食後恭一にそれとなく尋《たず》ねた。

「おれ、何も悪かことはしとらんけん、母ちゃん心配せんでよかよ」

「よそ見ばしたって？」

「よそ見じゃなか。耳ばすましとっただけたい」

「授業中《じゅぎょう》に抜け出したって？」

「抜け出したわけじゃなか。ヤギの声がしたけん、行っただけたい」

算数の時間、恭一《きょういち》の耳に遠くで鳴くヤギの声が聞こえた。それも普通の声ではない。苦《くる》しげな、消え入りそうな声である。投げつけられ、二つに折れたチョークを教科書の上に並《なら》べ、

「先生、ヤギが呼んどるけん」

と言いおいて教室を飛び出した。ヤギが呼んどる？　先生もほかの子供たちも耳をすませてみた。空の高いところで鳴くヒバリの声以外に聞こえるものはない。次の理科の時間になってようやく戻《もど》ってきた恭一は、全身泥《どろ》だらけだった。しかも、同じようにうす汚れたヤギを一頭連《つ》れている。

「どうしたんだ、そのヤギ」

先生が驚《おどろ》いて尋《たず》ねる。

「このヤギが、死にそうな声でおれば呼んだと」

悲しそうな声をたどって行くと学校の裏山《うらやま》に着いた。その南側のゆるいガケで、ヤギはひっくり返っていた。柔《やわ》らかい草を追《お》っているうちにすべり落ちたらしい。木につながれ、ピンと張《は》った縄《なわ》の先で立ち上がることもできずにもがいていたという。

「どこのヤギか知らんばってん、連《つ》れてきた」

「恭一《きょういち》、お前、本当に聞こえたのか？」

先生の問いかけに、恭一は澄《す》みきった目を向けて大きくうなずいたのだった。

則子《のりこ》は、胸に熱いものがこみ上げるのを感じながら聞いた。

「それでヤギはどげんしたとね」

「松村の家のヤギやったけん、返してきた」

則子は恭一をふびんに思う。カミナリ騒《さわ》ぎで頭《あたま》さえ打たなかったら、こんなことはなかっただろうに、と叱《しか》ることもできずに大きな溜息《ためいき》をつくばかりであった。

そんな恭一も、雷鳴《らいめい》のたびにおびえる慎矢《しんや》とともに蚊帳《かや》の中に入った。慎矢と恭一と幸造《こうぞう》。稲妻《いなづま》が去り、雷鳴《らいめい》が遠のくまで、三人は肩寄《かたよ》せあってそのときを待つ。ほんのわずかな時間であったが、粗《あら》い麻《あさ》の目を通してみる雨の戸外《こがい》は格別《かくべつ》なものに映《うつ》った。長年使ってきた青色の蚊《か》帳《や》はすっかり色あせ、ところどころにシミもついている。カミナリよけの麻の威力《いりょく》もとっくに失っているのではないかと思えるほどに古い物だ。だが、そんな蚊帳の内側から眺《なが》める景色《けしき》は、すべての物の輪郭《りんかく》をやわらげ、心なごませてくれるように思える。ここにいれば大丈夫《だいじょうぶ》という安心感が慎矢《しんや》を落ち着かせたし、恭一《きょういち》や幸造《こうぞう》はそんな慎矢を見てほっとするのであった。

奈木《なぎ》の丘に大きくかかっていた入道雲《にゅうどうぐも》が、気ぜわしく水平に広がっていったと思うと、またたくまに雨雲に変化した。幸造は、急いで土手に倒《たお》していた自転車を起こし、荷台《にだい》に慎矢を乗せた。釣り竿《ざお》や竹筒《たけづつ》、魚の入ったバケツなどを持たされた慎矢は、ふり落とされないように幸造の背中に頭を押しつけた。ゆるい登り坂になって自転車がさびついた音を立てる。幸造の吐《は》く息《いき》が荒《あら》くなったとき、ポツリ、ポツリと雨が落ちてきた。

「幸造」

不安げに声をかける慎矢。遠くの方でかすかに雷鳴がとどろいている。

「まかせとけぇ」

幸造の首筋《くびすじ》から汗《あせ》がしたたり落ち、雨とともにシャツをぬらしている。

じいちゃん

「お前ん家《ち》、江戸《えど》時代から続いとるって、いつかじいちゃんが言いよったなあ」

「うん」

「お前ん家、何かあるよな？」

「何かって？」

「決まっとろうもん、宝物《たからもの》たい」

幸造《こうぞう》の目が、ランランと光を帯《お》びてきた。宝物が目の前でおいでおいでをしているような興《こう》奮《ふん》ぶりだ。慎矢《しんや》は、そっけなく答える。

「なあーんもなか。あるわけなかろうもん」

「探《さが》してみたことあるとや？」

「何もなかとに探《さが》したりするか」

幸造《こうぞう》は、慎矢《しんや》の家のどっしりとした古い家にあこがれのようなものを感じている。狭《せま》い部屋が三間《みま》と台所だけの自分の家に比べれば、慎矢の家は五倍も十倍も大きいように思えるのだ。実際はそれほどの広さはないにしても、祖父と両親、兄と慎矢の五人家族には広すぎる家といえた。その上父は長崎に行きっぱなしだからなおさらのことだ。もう、何年も使ってない部屋があると知ったころから、幸造の関心《かんしん》はふくらむ一方であった。

「江戸《えど》時代っていやあ、侍《さむらい》ぜ」

「侍がどげんしたとや」

「侍なら刀ば持っとるたい」

幸造は、壁《かべ》に立てかけてある松葉《まつば》ぼうきを手にして構《かま》えた。刀に見立てたつもりなのだが、迫力《はくりょく》も何もあったものではない。二、三度空中でふり回すと、ほうきの先にからんでいた枯《か》れ葉が一枚、はらりと地に落ちた。

「幸造、お前、この村に侍がおったと思うとや」

「おらんとや?」

「知らん。村にゃ城《しろ》もなかぞ」

「城かあ。城がなかなら侍もおらんやろうし、千両箱《せんりょうばこ》もなかろうなあ」

「千両箱《せんりょうばこ》？」

「お前知らんとや。昔の銭《ぜに》のいっぱいつまっとる箱たい」

「何や、幸造は銭の欲《ほ》しかけん、そげなつまらんことば考えとるとや」

「なあーんの、そうじゃなか。おれは何か昔《むかし》の物ば見てみたかとたい。なあ、誰《だれ》も見たことのなかもんば探《さが》し出すって、考えただけでもぞくぞくしてこんや」

　慎矢《しんや》は、うーんとうなった。ばかばかしいと思って聞いていた幸造《こうぞう》の話に、次《し》第《だい》にのみこまれていく自分を感じたのだ。まんざらばかげた話でもなさそうだ。おれの家は江戸《えど》時代から続いとるって、じいちゃんがはっきり言うとったもんな。

「刀も千両箱もなかとならそれでよか。

ばってん、古文書《こもんじょ》ぐらいあるとやないや」

幸造《こうぞう》の顔《かお》つきが変わった。どこか大人ぶった、物知り顔だ。

「コモンジョ？　何やそれ」

聞きなれない言葉《ことば》に慎矢《しんや》の関心《かんしん》がうすれていく。

「従兄弟《いとこ》の剛《ごう》兄ちゃんが、大学で勉強しよるいうて話してくれたとたい。昔の古《ふる》かことば書いた書き物らしか。江戸《えど》時代よりずうっと前のもあるらしかぞ」

「そげなこと、聞いたことなか。全然知らん」

「宝《たから》のありかば書いた地図もあるかもしれん」

「知らん」

「お前、本当に知らんとか。大判小判《おおばんこばん》がざっくざくって、花咲《はなさか》じいさんも言うとるたい」

「じょうだん言うな、大判小判って銭《ぜに》やろ。そんなら違《ちが》うたい。そげなもんあるわけなか」

ばかばかしい。幸造のやつ、あのでっかい頭《あたま》で何を考えているのだろうと、慎矢は上目《うわめ》づかいに幸造の後頭部《こうとうぶ》を見た。平らで小さい自分の頭と違って、幸造の頭は後ろに大きく突《つ》き出ている。いつだったか、上向いて寝るとき痛かろ、と聞いたことがある。幸造は、

「ふん、誰《だれ》が上向くか。おれは横向き専門たい」

と、慎矢の視線《しせん》をずらしながら答えたのだった。幸造自身が気にしていると察《さっ》した慎矢は、そ

れ以後、見て見ぬふりをするようになった。

「なあ、慎、じいちゃんこのごろどうや」

幸造《こうぞう》に言われて、慎矢《しんや》はチラリと小屋に目を走らせた。六平《ろっぺい》はそこで縄《なわ》をなっている。

「うん、変わらん」

変わらんと言いながら、ついうつむき加減《かげん》になってしまうのはなぜだろうと、慎矢はいつも思う。

去年の夏、台風とともにやってきて、台風のように去っていったリコたちを追いかけるように、六平の精神がどこかへ吹き飛んでしまったのだ。しかし、それはまだ六平のすべてがなくなったのではなく、正常な六平の頭《あたま》の中で、とつぜん、他人の六平がむっくりと起きあがるもののようであった。

ある日、六平は、タンスのひきだしを開《あ》け、衣類《いるい》を全部取り出して部屋にばらまいた。空《から》になったそのひきだしの中に、下駄《げた》や靴《くつ》、ぞうり、長靴や地下足袋《じかたび》などをしまいこんだのである。畑から戻《もど》った則子《のりこ》はどろぼうに入られたと青くなったが、盗《ぬす》まれたものは何もない。六平もおどろいた顔《かお》で、

「こりゃどうしたことか」

と、力なく肩《かた》を落としてすわりこんでいる。ふるえる手でひきだしを開けた則子の目に映《うつ》った

のは、無造作《むぞうさ》に放《ほう》り込まれた汚《よご》れた履《は》き物の山であった。誰《だれ》がこんないたずらをしたんだろう。いったい誰が、と散らばった衣類《いるい》をたたみながらなげいていると、ふいに六平《ろっぺい》が大声を出した。

「恭一《きょういち》じゃなかや」

「あん子は頭《あたま》ば打っとって、ときどきおかしなことば言うけど、こげんことはせんですよ」

血まみれになった幼い日の恭一の姿《すがた》を思い浮かべながら、あの子じゃなか、と確信《かくしん》する則子《のりこ》であった。

「慎矢《しんや》か」

力のない声で六平がつぶやく。

「恭一も慎矢も、こげなことはせんですよ。それに二人とも学校に行っとるし……」

たしなめるようにふり返った則子の目は、六平の足もとに釘《くぎ》づけになった。六平は、則子の新しい白足袋《しろたび》をはいていたのである。それは当然小さすぎて、底の部分にハサミが入れてあった。かさついたかかとのあたりでこはぜが冷たく光っているのを目にしたとき、則子は六平の異変《いへん》に気づいたのである。則子の全身に衝撃《しょうげき》が走った。おろおろと座《すわ》りこみ、「じいちゃん、じいちゃん」と愛《いと》おしむように節くれ立ったその手をとると、

「則子、どうした。こげなことぐらいでへこたれるな。わしがついとる。しっかりせんか」

と、力強い声が返ってきたのであった。

昔、小学校の校長をしていた六平《ろっぺい》は物知りで人望厚《じんぼうあつ》く、誰《だれ》にでも好かれていた。大好きなおれのじいちゃんが壊《こわ》れていく……、と慎矢《しんや》は胸《むね》を痛めていた。

「今日はじいちゃん、普通《ふつう》やったと？」

「ああ」

「じいちゃんのところに行ってみるか」

幸造《こうぞう》は先に立って小屋へ向かう。

六平は土間《どま》に広げたむしろに座《すわ》って、一日中縄《なわ》をない続けている。縄をなうことが自分に課《か》せられた仕事であるかのように、来る日も来る日もわらを打ち、縄をなうのである。

慎矢は古びた木づちを手に取り、六平の横でわらを打ち始めた。ときどきこうして手伝う慎矢を、六平は目を細めてみつめる。

幸造は六平の正面に座った。左足のかかとで押さえ、一本一本わらを足しながら両のてのひらでよっていくと、見事な縄ができるのだ。いつ見てもすごい！　と幸造は感心する。

「じいちゃん。じいちゃんとこに古文書《こもんじょ》なかね」

さりげなく尋《たず》ねる幸造。ふと、六平の手が止まった。

「古文書？　幸造、お前はまたえらいもんば知っとるなあ」

「あるとやろ？」

「そう言えば、何か書いた物があったなあ。けど、空襲《くうしゅう》の時に蔵《くら》が焼けてしもうて何も残っとらん」

「クウシュウ？」

「十年前の空襲たい。ここに昔からの蔵が建《た》っとって、何やらかんやらいっぱいつまっとったばってん、あん時の爆弾《ばくだん》で蔵だけが焼けてしもうた」

綾瀬《あやせ》が空襲を受けたとき、慎矢《しんや》と幸造《こうぞう》は二歳だったから何も覚《おぼ》えていない。それどころか、戦争の話そのものにまったく関心《かんしん》がないのである。いま興味《きょうみ》があるのは焼けた蔵のことではなく、その中にあったという何かの方だ。やっぱり慎矢の家には何かがあったのだ。それなら母《おも》屋《や》にもぜったい残っているに違《ちが》いない。使ってないという三つの部屋や納戸《なんど》はどうだろう。幸造は目を輝《かがや》かせて身を乗り出す。

「なあ、じいちゃん。この家、ものすごく古かとやろ。何年前に建ったとね」

「何の、家はそげん古うなか。建ってから七十二年たい。忘れもせん。わしが十の時に建ったとたい」

「七十二年前って、江戸《えど》時代ね」

慎矢がおどろいて幸造の頭《あたま》を打つ。幸造は、自分がねらっている江戸時代に話を持っていきたいのだ。いまは昭和《しょうわ》三十年。その四十二年前は……。

「幸造《こうぞう》、江戸《えど》時代のわけなかろうもん。いま昭和三十年ぜ。その前は大正《たいしょう》やろ。大正の前は……」

「江戸たい。な、じいちゃん」

「はっはっは、幸造は勉強嫌《ぎら》いじゃと母ちゃんがなげきよったが、やっぱあなあ。大正の前は明治《めいじ》というてな、わしが生まれた年たい。江戸はその前たい」

幸造は黙《だま》りこんだ。ふい打ちをくらったようにドンと尻《しり》もちをついた。七十年前が明治時代なら、侍《さむらい》はいない。古文書《こもんじょ》どころか宝《たから》の地図なんかあるはずないよなあ、とがっかりしたのだ。

「この家は新しかばってん、ご先祖《せんぞ》様は古かぞ」

六平《ろっぺい》の声が、幸造の耳の奥《おく》で鈴《すず》をふるように鳴《な》りひびいた。

「じいちゃん、ご先祖様がどげんしたと」

幸造が腰《こし》をうかして六平をのぞきこむ。

「家の過去帳《かこちょう》の一番はじめに名前のある儀右衛門《ぎえもん》という人はな、寛政《かんせい》時代に死んだごとなっとる」

「カンセイ?」

「ああ、たしか寛政九年じゃったなあ」

「じいちゃん、それ、いまからいうと何年前ね」

わらを打つ慎矢《しんや》の手がとまっている。

「寛政といやあ、江戸《えど》の終わりごろたい。かれこれ百五、六十年も前じゃろう」

「ヒャク……ゴロクジュウネン？」

幸造《こうぞう》が飛び上がって叫《さけ》んだ。

「やったぜ、慎。ほらみろ、江戸、江戸。侍《さむらい》だぞ。何かあるぜ」

幸造の興奮《こうふん》は収《おさ》まらない。かたわらに積んであるわら束《たば》の上にざくんと音たてて倒《たお》れこみ、手足をばたつかせている。わらの結《むす》び目がほどけてしまい、そこら中に散《ち》らばった。くちびるの端《はし》に笑《わら》いをにじませながら、六平《ろっぺい》が言った。

「何のそげんうれしかとか。こら、幸造。わらば散らかさんでちゃんと片《かた》づけんか」

幸造の耳には六平の声は届《とど》かない。その幸造のあまりの興奮ぶりにあっけにとられていた慎《しん》矢《や》も、いつの間にかわらの中にもぐりこんでいる。すると、六平が立ちあがりざま二人のえり首をつかみ、コツンコツンと坊主頭《ぼうずあたま》をたたいた。

「じょうだんじゃなかぞ。大事なわらばこげんしおって。もと通り束《たば》にせんと許《ゆる》さんぞ」

我《われ》に返ったような幸造の目。慎矢もはっとして六平を見つめる。じいちゃんが本気で怒《おこ》っとる！

「ごめん、じいちゃん。すぐ片《かた》づけるけん」

慎矢は、散《ち》らばったわらをかき集めた。汗《あせ》にまみれた体にわらくずがまとわりついて、もわあっとしたわらの匂《にお》いが鼻先《はなさき》をくすぐる。手早くわらを集め、もと通り束《たば》にまとめて積み上げる慎矢《しんや》の耳に、しつこく六平《ろっぺい》にくいさがる幸造《こうぞう》の声が聞こえた。

「じいちゃん、何かあるやろ。江戸《えど》時代のもんが何かあるやろ。納戸《なんど》ば見てよかね」

「何もなか、何もなか」

「古文書《こもんじょ》もなかとね」

「お前どこでそげな難《むずか》しかことば覚《おぼ》えてきたとや。そんなもん、なかぞ。もう帰ってたまにゃ母ちゃんの手伝いでもせんか」

チェッと舌打ちしながら立ち上がった幸造は、慎矢の耳もとに口を寄《よ》せ、

「じいちゃん、もう治《なお》ったとやなかや。しっかりしとる」

とささやきながら、体についたわらくずをはたいている。そうだ、ほんとに治ったのかもしれん、と慎矢の心も明るくはずんだ。

「キヌは今日は来んじゃったなあ」

六平の小さなひとり言は、笑い興《きょう》じていた二人の耳には届《とど》いていない。

夕暮《ゆうぐ》れの匂《にお》いを運んできた風が、木々の葉をかすかに揺《ゆ》らしている。雲はゆっくりとなびきながら空の下の方に消え、すとんと時を刻《きざ》む音が聞こえた。

行方不明

「慎矢《しんや》、ばあさん知らんか。ばあさんは、どこ行った？」

出校日は明日だというのに、宿題の山には目もくれず、慎矢はマンガに夢中《むちゅう》だ。

「じいちゃん、ばあちゃんって誰《だれ》？」

縁側《えんがわ》に寝《ね》ころんだまま、六平《ろっぺい》を見上げる。

「何ば言いよるとか。キヌたい。お前のばあさん忘れてどうするとか。ばあさんの背中《せなか》でしょんべんたれたり、お宮で遊んでもろうたりしとって。

……おお、そうか、あそこかもしれん」

六平は縁の下に脱《ぬ》ぎ捨ててある下駄《げた》に足を入れた。

「じいちゃん、どこ行くとね」

問いかける慎矢《しんや》に、六平《ろっぺい》は手をふりながら「ちょっとそこたい」と外へ出て行った。

バタンとマンガの本を閉《と》じて、慎矢はその場に正座《せいざ》した。

慎矢は祖母《そぼ》を知らない。知らないのも当然《とうぜん》だ。祖母は、慎矢の誕生《たんじょう》を待ちわびながら、その五日前に病死しているのだ。祖母のことを慎矢が知るはずもなく、またそのことを誰《だれ》よりもよく分かっているはずの六平が、祖母の行方《ゆくえ》を尋《たず》ねている。

——じいちゃん、またおかしくなったとやろうか。

ぼんやりとマンガの本を繰《く》りながら、慎矢は打ち消すように大きく首をふった。

「おっ、今夜はてんぷらかあ」

大好物の揚《あ》げものの匂《にお》いにさそわれ、うきうきと台所に入った慎矢は、揚げたてのキビナゴをつまむと口に入れた。「揚げたばっかりやけん、やけどするよ」と則子《のりこ》がたしなめるがもうおそい。ほへぇー、熱《あつ》かあ。あふあふあふあふと小さな息を吐《は》きながら目を白黒させているところへ、部活《ぶかつ》を終えた恭一《きょういち》が汗《あせ》まみれで帰ってきた。

「あれっ、じいちゃんは?」

両手に荷物を持ったまま、恭一が問いかける。この時間、いつもなら腹が減《へ》ったと言っては自分の席に座《すわ》っているのに、その姿《すがた》がない。則子も慎矢も思わず顔を見合わせた。則子の顔色《かおいろ》が見る間に変わっていく。

小屋で倒《たお》れているかも知れない――。

走り出す則子《のりこ》のあとを、恭一《きょういち》と慎矢《しんや》が追《お》った。そこに、六平《ろっぺい》の姿《すがた》はない。開《あ》いたままの戸口から淡《あわ》い夜の光がさしこんでいて、いつも六平が座《すわ》っているあたりを照《て》らしている。座りぐせがついたムシロは何のあたたかみもなく冷たい。ないかけた縄《なわ》はよじれたまま無表情《むひょうじょう》に土間《どま》に散《ち》らばり、わら打ち台は横倒《よこだお》しになっている。

則子は、声をあげて座り込んだ。

「じいちゃん、寝《ね》とるかもしれん」

恭一が、母屋《おもや》へ引き返す。力を落として座りこむ母の、急に小さくなったように見えるその後ろ姿に、慎矢はいい知れぬ不安を覚《おぼ》えていた。六平は、どこにもいない。めったに開けることのない三つの部屋も納戸《なんど》もすみずみまで探《さが》したが、その姿はどこにもない。則子は青くなってふるえている。

慎矢の胸《むね》はどきどきしていた。六平の姿が見えないと気づいたときからずっと、息苦《いきぐる》しいほどにどきどきしていた。じいちゃんがいなくなる前、おれはじいちゃんと話をした。会ったこともないばあちゃんの話だ。じいちゃんはばあちゃんを探してた。十二年も前に死んだばあちゃんを探しに、いったいどこへ行ったのだろう。

慎矢は、恭一の耳に汗《あせ》ばんだ顔を近づけてささやいた。

「じいちゃんな、ばあちゃんば探《さが》しよった」

おどろいたような目を向《む》け、いっしゅん言葉《ことば》を飲《の》みこんだ恭一《きょういち》は、大きくうなずいた。

「隣《となり》へ行って来る」

言うが早いか、恭一はもう裏《うら》の畑を突《つ》っ切っている。そういえば、ずっと前にも一度だけこういうことがあったと慎矢《しんや》は記憶《きおく》をたどる。幸造《こうぞう》の父と二人、どぶろくを飲み合ったあげく、そのまま寝《ね》入ってしまったことがあったのだ。そのときは、

「じいちゃんな、家に泊《と》めるけん」

と知らせに来た幸造が、そのまま慎矢のふとんにもぐりこんだのだった。

だが、あの日とはちがう。明らかにちがう。「じいちゃんな」という幸造の声はどこからも聞こえてこない。こんなことは初めてだった。いつも側《そば》にいて当たり前の一人の人間が、突然《とつぜん》姿《すがた》を消す。そうだ、いつだったか、マンガで読んだ『神かくし』ってこういうのかもしれない。

幸造の家にも六平《ろっぺい》はいなかった。さすがの恭一もがっかりしているところへ、勤《つと》めを終えた幸造の父が、酒の匂《にお》いをふりまきながら帰ってきた。

「おう、恭一、どうした」

幸造の父は無類《むるい》の酒好きだ。もともと明るい性格の上に、酔《よ》うといっそう陽気《ようき》になる。

「母ちゃん、ドブだ、ドブだ。アハッ、おれ、もうちょっとでドブにはまるとこやったぞ。け

ど、はまらん。おれは馬になったばかりの人間ぞ。ドブなんかひとっ飛びだ」

慎矢《しんや》の目から涙《なみだ》が落ちた。じいちゃんがおらんというのに、ここのおいちゃんは酒ば飲《の》んどる。おれの父ちゃんも遠か長崎で酒ば飲んどるとやろか。慎矢の目の奥《おく》で、酔《よ》いどれの父親の姿《すがた》が浮《う》かんでは消えた。

「父ちゃん、父ちゃん。隣《となり》のじいちゃんがおらんとよ。どこにもおらんとよ」

幸造《こうぞう》が、父親の腕《うで》を激《はげ》しくふりながら言う。慎矢の父は、ずっと長崎に行きっぱなしだから、これまで何か困ったことがあると六平《ろっぺい》が解決《かいけつ》してきた。だが、いま、その六平に何かの異変《いへん》が起きている。おろおろするばかりの則子《のりこ》は何の役にも立たず、自分の父親を頼《たよ》ってきた慎矢と恭一《きょういち》の気持ちを、幸造はしっかりと受け止めていたのだ。

「じいちゃんがおらん？　そげなとぼけたこと言うて、おればからかうな。酔いのさめるやなかや」

額《ひたい》から目の縁《ふち》にかけて赤くなった幸造の父。その正面に立った幸造と恭一は、きっとした目でその酔っぱらいを見た。父親の動きが止まった。やがて二人の視線《しせん》に応《こた》えるように、「母ちゃん、水持ってこい」

とどなった。

水はすでに用意されていた。幸造の母が差し出す茶碗《ちゃわん》の水をひと息に飲み干《ほ》した父親は、行

くぞと言ってぬいだばかりの靴《くつ》に足を入れた。足もとに多少のふらつきは残るものの、酔《よ》いはさめているようだ。暗い畑をつっきり、慎矢《しんや》の家の裏口から音たてて入って行く。

「すんまっせん。あたしがしっかりせんといかんとに。長崎のお父さんに申しわけのなか」

幸造《こうぞう》の父の姿《すがた》を見て安心したのか、則子《のりこ》の口もとに小さな笑《え》みが宿《やど》った。慎矢は、その母の背中にそっと身を寄せた。それは、母をなぐさめようとしているのか、母のぬくもりを得て自分を落ち着かせようとしているのか、慎矢自身理解《りかい》できない行為《こうい》であった。

夜道に吸い込まれるように深い影《かげ》を落としている月明かりのなか、慎矢たちは、手分けして近所の家々を尋《たず》ね歩いた。残間《ざんま》神社の裏手も、その向こうの小川も探《さが》した。だが、六平《ろっぺい》はどこにもいない。

慎矢《しんや》の家は、急に騒々《そうぞう》しくなった。駐在所《ちゅうざいしょ》の巡査《じゅんさ》や消防団員、近所の男たちが大勢《おおぜい》かけつけてきたのだ。たいまつと懐中《かいちゅう》電灯の光が、集落《しゅうらく》の四方へ散《ち》った。ゆらゆらと心もとないその光の先で、夜はだんだん暗さを増《ま》していくばかりであった。

六平《ろっぺい》はどこにもいない。その姿《すがた》が消えて七時間後、午前一時をまわった頃に、人々は肩《かた》をおとして戻《もど》ってきた。何ひとつ手応《てごた》えを得ることのない夜間の捜索《そうさく》は危険をともない、人々に疲《ひ》労感《ろうかん》だけを与えるものだった。巡査は、夜明けとともに捜索を再開すると則子《のりこ》に告げて引き上げた。

人々のざわめきが消え、あたりは急に静かになった。月明かり以外に夜を照《て》らすものはない。すべてが息をひそめて夜明けを待っていた。

泊《と》まっていくという幸造《こうぞう》を真ん中に、慎矢と恭一《きょういち》は布団《ふとん》に入った。窓のすきまからひゅうと風が舞《ま》いこみ、蚊帳《かや》を揺《ゆ》らし、三人の額《ひたい》をそっとなでて消えた。それは、みんなの不安をかき消すような、やさしい匂《にお》いをただよわせていた。

眠れない、眠れない。じいちゃんのことを思うと眠気《ねむけ》なんか吹き飛んでしまう、とささやき合っていた慎矢たちだったが、いつの間にか眠っていたようだ。夢《ゆめ》うつつのなか、慎矢は恭一の奇妙《きみょう》なつぶやきで目を覚ました。

「あれは何やろうか。人の声がする。何かしゃべりよる。あれっ、じいちゃんの声もする」

ぐっすり眠りこんでいる幸造《こうぞう》の、大きく突き出た頭《あたま》の向こうで、恭一《きょういち》は天井《てんじょう》を見つめたままつぶやいている。

「兄《あん》ちゃん」

「慎矢《しんや》。お前、聞こえんか。人の声がするとたい。じいちゃんの声がするとたい」

慎矢はじっと耳を傾《かたむ》けた。何も聞こえない。台所で母が動いている音以外に、慎矢の耳に届《とど》く音はない。

「母ちゃん、母ちゃん。じいちゃんがおったよ」

飛び起きざま叫《さけ》ぶ恭一の声に、かまどにたきぎを足していた則子《のりこ》の手が止まった。次のしゅんかん、下駄《げた》をぬぐのももどかしげにかけ上がってきて、

「どこね。じいちゃんはどこね」

とキョロキョロと部屋の中を見渡す。六平《ろっぺい》の姿《すがた》はない。寝言《ねごと》だったのかと恭一の顔《かお》を見つめる則子。その母の手を取ると、恭一は庭へ走り出た。

「な、母ちゃん、じいちゃんの声聞こえるやろ。いつもと同じ声たい。聞こえるやろ」

則子は首をふる。何も聞こえない。明るくなり始めた空の下では、遠くで鳴くらしい犬やカラスの声がするばかりだ。二人、三人と集まり始めた近所の人たちも耳を澄《す》ませてみた。だが、

誰《だれ》の耳にもそれらしい声は聞こえてこない。

「恭ちゃん、心配のあまり夢《ゆめ》ば見たとやろう」

ちょうど来合わせた柏木武《かしわぎたけし》も、なぐさめるような顔《かお》で言ったのだが、そのとたん、則子《のりこ》ははっとして胸《むね》を押さえた。この子には聞こえている。恭一《きょういち》にだけ、間違《まちが》いなく聞こえている。七歳の夏の落雷《らくらい》さわぎの時から、恭一の耳は鋭《するど》くなっている。人の数倍もの聴力《ちょうりょく》で、遠くの音をたやすくとらえることができるのだ。五年生の時のヤギ騒《さわ》ぎがそれを物語っている。則子は、体の中から突き上げてくる喜《よろこ》びを押さえながら、恭一の動きをじっと待った。

「母ちゃん、あっち」

芳行寺《ほうぎょうじ》の方角を指さしながら、恭一が走り出した。則子があとを追う。慎矢《しんや》もかけ出し、何ごとかとはね起きた幸造《こうぞう》がわけも分からず追いかけて行く。

芳行寺の森に通じる細い道のあたりから、よかった、よかったという声とともに笑《わら》い声が聞こえてきた。その声にたどりつき、六平《ろっぺい》の姿《すがた》を目にしたとたん、則子はああと叫《さけ》んでその場に座《すわ》りこんでしまった。

六平が笑っている。背筋《せすじ》をピンと伸《の》ばし、いつもと変わらない姿勢《しせい》を保《たも》って笑っている。『先生、佐々木先生』と呼ばれ、親しまれていた時のままの六平だ。その六平が、則子のもとへ小走りで寄ってきた。

「どうした、則子《のりこ》。何があったとか。みんなそろうてどげんしたとか。恒夫《つねお》や信次《しんじ》もこげん朝早うから集《つど》うとるが、何があったとか」

五十を過ぎた昔の教え子の恒夫と信次が、困ったような顔《かお》を則子に向けた。

「鬼《おに》ぐらにおったそうです」

「鬼ぐらに……」

うつろな表情《ひょうじょう》のまま、おうむ返しに応《こた》える則子。恭一に支えられながら立ち上がった則子は、気をとりなおしたように声をかけた。

「朝早うから、ありがとうございました。おにぎりば作っとりますけん、家に来てどうぞ食べてください」

先生が無事《ぶじ》で何よりだったと言い残

して去る恒夫《つねお》たちに、則子《のりこ》は深々と頭《あたま》を下げた。

何事もなかったように歩き出す六平《ろっぺい》。その腕《うで》に、恭一《きょういち》がそっと自分の腕をからませている。よかったな、うんよかったと、幸造《こうぞう》と顔《かお》を見合わせたとたん、慎矢《しんや》ははっとして足を止めた。思い出したのだ。姿《すがた》が見えなくなる直前、六平が「あそこかもしれん」と言っていたのを。その、「あそこ」が鬼《おに》ぐらだったのだろうか。

「六平さん、夕べはどげんやったですか」

冷たいお茶でのどをうるおしながら、巡査《じゅんさ》がのんびりと声をかけた。

「子供のおったたい」

ぽつりと六平が言う。

「子供？」

「うん」

「どこにおったとですか」

「鬼ぐらたい」

「鬼ぐら？　鬼ぐらって？」

「鬼ぐらっていやぁ、そりゃ鬼ぐらたい」

この村に配属《はいぞく》になってまだ二ヵ月しか経《た》っていない巡査には、鬼ぐらのことが何なのか分からない。とまどったような目が則子《のりこ》に向けられた。

「洞穴《ほらあな》があるとです。空襲《くうしゅう》の時は防空壕《ぼうくうごう》になって、この辺の人たちが大勢《おおぜい》逃げこんだとです」

「はあ、じゃ、近所の子供たちがそこで遊んどったとですな」

「そうたい。四、五人はおったな」

「六平《ろっぺい》さんは、一晩中そこにおったとですか」

「さあ、わからん。ああ、ちょっと寝《ね》てしもうたかもしれん」

「おなか空《す》いたでしょう」

「うんにゃ、子供にアケビばもろうて食《く》うた。よう熟《う》れてうまかった」

「アケビ？」

いまは夏のまっさかり。どこを探《さが》してもアケビがあるはずはない。たとえあったとしても、アケビの実はまだ小さくてかたく、とても食べられたものではない。巡査《じゅんさ》は、またも困ったような視線《しせん》を則子に向けた。

「じいちゃん、行水《ぎょうずい》の支度《したく》ができとりますよ」

おうと答えて風呂場《ふろば》へ行く六平の背中《せなか》を笑顔《えがお》で見おくりながら、則子は、六平に軽い痴呆《ちほう》の症状《しょうじょう》が出ていることを伝えた。大きくうなずいた巡査は、六平のちぐはぐな話にようやく合点《がてん》がいったらしい。

則子《のりこ》たちのやりとりを遠巻《とおま》きにして見ていた慎矢《しんや》と幸造《こうぞう》は、はっと我《われ》にかえって顔《かお》を見合わせた。今日は出校日だよな。学校だよな。

うわあぁ、遅刻《ちこく》だあ――。

虹

二、三日前まで降《ふ》り続いていた雨は、八月に入ると同時にピタリと止《や》んだ。代《か》わりに、それまでのうっぷんを晴らすような勢《いきお》いで、ぎんぎんぎんぎと太陽が照《て》りつけた。連日、野球の球拾《たまひろ》いで恭一《きょういち》は真っ黒になっている。慎矢《しんや》と幸造《こうぞう》は、裕太《ゆうた》とカド松をお供《とも》に川遊びに熱中《ねっちゅう》し、こちらも日ごとに黒さを増《ま》していた。

いつものように、若田川《わかたがわ》の小さな中州《なかす》に陣取《じんど》って遊んでいるが、今日は竿《さお》はない。物置《ものおき》小屋で見つけたと言って、カド松が竹ザルを持ってきていた。川の瀬《せ》の水草の根もとにこのザルを沈《しず》め、足先で小魚を追いつめすくい取るのだ。いかにも大漁《たいりょう》を思わせるかのように、ザルを持つ両手がグイッと重くなるのだが、大半は小石である。その小石の間に、ときおり、ぬらりとしたドンコが不機嫌《ふきげん》そうににらみを利《き》かせていたり、死んだふりの川エビがコキンと固《かた》まって

いたりすることがある。ところが、裕太《ゆうた》とカド松の歓声《かんせい》があがる前に、

「へっ、雑魚《ざこ》じゃつまらん」

とうそぶく幸造《こうぞう》のひと言が飛んでくるのだ。とたんにザルはそのまま川底に沈《しず》み、魚たちはすばやく流れに消えるのである。ウナギひと筋の幸造に反発《はんぱつ》しながらも、つい、「雑魚じゃつまらん」と同感してしまう裕太たちであったが、それはそれで楽しい川遊びなのであった。そうやって三時間ほどを若田川《わかたがわ》で過ごし、空腹《くうふく》を感じたら家へ戻《もど》る、それが彼らの毎日であった。

焼けつくような照《て》り返しにも、ふき出す汗《あせ》にも負けない彼らだったが、空腹に勝てる者など誰《だれ》ひとりとしていない。慎矢《しんや》はいつも、ポケットに煎《い》り大豆《だいず》を入れているが、四人の腹を満たすほどの量はない。宿題もせず遊びに熱中するとはいえ、三時間が限度なのだ。腹へったァ、腹へったァとリズムをつけて叫《さけ》びあいながら若田川を去るころは、もう昼時になっている。

しずくのたれるザルを頭《あたま》にかぶった幸造を先頭に、歩調《ほちょう》を合わせながら残間《ざんま》神社の側《そば》まで来たとき、ふいに、幸造の足が止まった。縦《たて》一列に並んでいた慎矢、裕太がぶつかり、カド松が転《ころ》んだ。

「幸造、急に止まるな。危なかろうが」

とがめるような口調《くちょう》で声をかけ、ふと前方を見た慎矢も、はっとして口をつぐんだ。

うきうきとはずむような足どりで歩いてくるのは、おそろいの麦わら帽子《ぼうし》をかぶった二人の

女の子だ。額《ひたい》に汗《あせ》をにじませた柏木武《かしわぎたけし》も、少しおくれてやってきた。両手に大きな荷物を持っているので、流れる汗をふけないのだろう。汗は、柏木武の開襟《かいきん》シャツの衿《えり》をぬらし、両脇《りょうわき》をぬらして湯気《ゆげ》立つ勢《いきお》いである。その柏木武が慎矢《しんや》たちに声をかけるのと同時に、小さい方の女の子が走り寄ってきた。

「慎兄ちゃんや、幸兄ちゃんや。うわぁ、みんないてはるわ。魚とってきはったん、見せて、見せて、うち見たいねん」

飛びつくようにして声をあげているのは、あの麻紀江《まきえ》だ。裕太《ゆうた》のバケツをのぞくと、

「なあんや、魚おらへん。今日はとれんかったん？」

とあまえるような視線《しせん》を慎矢に向けた。

慎矢はどきどきしていた。ひと言も口がきけない。

——こいつら、いつも突然《とつぜん》やってくる。

初めて出会った去年の、あの嵐《あらし》の中での一部始終《いちぶしじゅう》を、慎矢ははっきり覚《おぼ》えている。麻紀江のスカートが風雨に打たれて舞《ま》い上がっていたことを。怒《おこ》ったようなリコのはげしいまなざしを。思い出しただけで体が固《かた》くなってくる。いやだな、とそっと幸造《こうぞう》に目を走らせた。

幸造は、ポカンとしている。「あいつら、今年も来るとやろうか」と幸造が言ったのはいつだったか。

あれはたしか、夏休みに入ったその日のことだった。仕掛《しか》けたウナギ捕《と》りの竹筒《たけづつ》をのぞき込みながら、ふいに幸造《こうぞう》が尋《たず》ねたのだった。あのとき、慎矢《しんや》は「知らん」と答えたような気がする。知らん――。そうだ。知らなかったのだ。あいつらが来るなんてことはぜんぜん知らなかった。もちろん、柏木武《かしわぎたけし》から何も聞いてはいない。

あいつらは、いつも突然《とつぜん》やって来る。去年は台風のさなかだった。そして今年は、降《ふ》りそそぐ太陽の嵐《あらし》のまっただ中だ。あいつらを迎《むか》える心の準備《じゅんび》などできていないのに、目の前にあいつらがいる。

「ああ、ちょうどよかった。慎ちゃん、この子たち、夏休みいっぱい綾瀬《あやせ》におるけん、遊んでやってな。みんなも頼《たの》んどくばい」

両手の荷物を下ろすと、柏木武は腰《こし》に下げた手ぬぐいで顔《かお》をふきながら言った。もう、何度汗《あせ》をぬぐったか分からないほど、その手ぬぐいは汚《よご》れてよれよれになっている。

「はあ」

小さな声で答える慎矢のかたわらで、幸造、裕太《ゆうた》、カド松が同時に大きくうなずいている。

「うち、兄ちゃんたちと遊ぶわ、ええやろ」

麦わら帽子をぬぎ、幸造がかぶっていたザルを取って頭《あたま》にのせ、麻紀江《まきえ》が言った。去年の夏とちっとも変わらない、かわいいままの女の子だ。裕太とカド松がプッと吹きだした。

「いま着いたばかりやし、ちょっと休んでからな。それに腹《はら》も減《へ》っとるやろ」

柏木武《かしわぎたけし》は、どっこいしょと言いながら荷物を持ち上げ家に向かった。いやや、いややとだだをこねる麻紀江《まきえ》の手を取ったリコは、あい変わらず黙《だま》ったままだ。ところが、慎矢《しんや》たちの横を通るとき、

「こんにちは」

とささやくように言ったのである。

「うっひょう!」

リコたちが去ったあと、幸造《こうぞう》がすっとんきょうな声をあげた。そして、顔中《かおじゅう》に広がる喜《よろこ》びの表情《ひょうじょう》をかくすこともなく、「腹へったァ、腹へったァ」と大声で叫《さけ》んで行進《こうしん》の姿勢《しせい》をとったのである。さきほどまでのだれきった様子《ようす》が一変した。四人は縦《たて》一列に並び、ぐっと胸《むね》を張り、短い影を引き連れて勢《いきお》いよく歩いた。カラカラにかわいた道に砂ぼこりが舞《ま》い、彼らのゴムぞうりはギュルギュルと鈍《にぶ》い音を立てながらも軽《かろ》やかに大地をけった。

リコたちが綾瀬《あやせ》に来て数日が過ぎた。その間も太陽は怒《おこ》った顔でガンガン照《て》りつけ、木々や草々も悲鳴《ひめい》をあげている。だが、三時ごろになると決まったように夕立《ゆうだち》がきて暑《あつ》さを洗《あら》い流し、生気《せいき》をよみがえらせてくれるのであった。

夕立《ゆうだち》はほとんどの場合雷鳴《らいめい》や稲妻《いなづま》を引きつれてきたのだが、慎矢《しんや》はもう蚊帳《かや》の中にこもらなくなっていた。カミナリの恐怖《きょうふ》からいつか抜け出したい、とひそかに思っていた矢先《やさき》のリコの出現《しゅつげん》が、大きな効果《こうか》を与えたようである。夕立のたびに蚊帳の中でふるえているみじめな姿《すがた》を見られたくはない。その一念《いちねん》でカミナリ嫌いを克服《こくふく》したと言っていい。空を切りさくような稲妻にはいまも肩《かた》をすくめるが、もう家に逃げ帰るようなことはない。何よりも、あの三畳間《さんじょうま》の蚊帳はとっくに押入《おしい》れのなかにしまってある。一つの恐怖心をぬぐい去ったことで、少し強くなった自分を感じてひそかに胸を張《は》る慎矢であった。そうしてまた、雨上がりの空にかかる大きな虹《にじ》を、しみじみ美しいと思って眺《なが》めることができた。なかでも、奈木《なぎ》の丘にかかる虹が一番美しいと思う。

はるかな山並《やまな》みを背景《はいけい》に、平野の中ほどまで伸《の》びた丘は同じ高さで南北に走っている。そこに、よく、片足の虹がかかるのだ。奈木の丘の地表《ちひょう》から生まれたかのように立ち上がった虹は、ゆるいアーチを作りながら空の高みにかけ上る。そうして、またたくまに晴れ上がった青のまっただ中にとけこんでいく。また、逆に、七色のやさしさを注《そそ》ぎこむように、中天《ちゅうてん》から奈木の丘めがけて舞《ま》い降《お》りてくるようでもある。

蚊帳の中から見る木々のざわめきも確かに風情《ふぜい》がある。だが、自然のたたずまいのほかは何もないところで見る虹は、美しいという言葉《ことば》以外は当てはまらないだろう。おれはこの虹の美しさを知らずに、長い間ただ蚊帳《かや》の中でふるえていたのか。そう思うだけで自分自身にムッとする。何か損《そん》をしたみたいだ。

虹《にじ》は、いつも彼らの心を惹《ひ》きつけた。大空を彩《いろど》る虹に出会うと、みんな押し黙《だま》って草むらに座《すわ》りこむ。そうやって全身の力を抜き、ぼうとしたまま虹の時間を過ごすのであった。

「虹って、何でできてんのやろ？」

麻紀江《まきえ》の幼い問いかけに誰《だれ》も答えられない。川面《かわも》を渡《わた》ってきた風が、草々の匂《にお》いをふりまき、子供たちの真上で遊んでいる。

「虹って、仏さまの階段《かいだん》かもしれんね」

思いがけないカド松の声に、みんなの視線《しせん》が集まる。

「仏さまの階段って、何やそれ。お前、しゃれた話ばするなあ」

幸造《こうぞう》が感心したようにゆっくりとカド松をふり返った。

「うちのばあちゃんが言いよったと。やさしか仏さまのおる天国は花がいっぱい咲いて、虹色に輝《かがや》いとるって」

「へえ、お前のばあちゃん、いつ天国ば見てきたとや？」

「……ちょっと前……」

幸造の声が大きくなるにつれて、カド松の声は消え入りそうに小さくなる。

「兄《あん》ちゃん、カド松はウソはつかんよ。カド松のばあちゃんもウソ言わん。兄ちゃん、そげんカド松ばいじめたらいかん」

ふくらんだ頬《ほほ》をピクピク波打たせながら、虹《にじ》を背にした裕太《ゆうた》が必死で抗議《こうぎ》をし始めた。

——仏さまの階段《かいだん》かあ。

そうかもしれん、と小さく笑う慎矢《しんや》の目の前でさわっと風が揺《ゆ》れた。

あるとき、奈木《なぎ》の丘から少し北へずれたところに、半円の大きな虹がかかったことがあった。短い夕立《ゆうだち》のあと、麻紀江《まきえ》を先頭《せんとう》にみんなで連れ立って若田川《わかたがわ》への道を急いでいるとき、その虹はとつぜん青空の中にくっきりと現《あらわ》れたのである。そればかりではない。思いがけずもリコが大きな叫《さけ》び声をあげたのだ。

「虹や、虹や、虹が出てるで。ほら、虹の上にもうひとつの虹が見えるで」

空高くつきだしたリコの右手の先に、たしかに二つ目の虹が見える。緑の平野から萌《も》え立ち、くっきりと空を彩《いろど》る虹を囲《かこ》みながら、二つ目の虹が浮《う》き出ているのだ。一つ目の虹よりいくらか薄《うす》いが、ちゃんと七色ある。

「うち、こんなん初めてや、初めてや」

麻紀江のことも、慎矢たちのことも忘れたように、ひとり興奮《こうふん》しているリコ。慎矢も幸造も、いままで二重《にじゅう》の虹なんか見たこともない。だが、その二重の虹よりも、我《われ》を忘れてはしゃぎまわっているリコの姿《すがた》の方が数倍も珍《めずら》しい。二人はそろってポカンと口を開《あ》け、その横顔《よこがお》を見つめ続けていた。

「うわあ、うち、あの虹《にじ》の真ん中に立つんや」

言うが早いか、生い茂《しげ》る草のあぜ道を麻紀江《まきえ》が走り出した。あわててあとを追う慎矢《しんや》たち。

突然《とつぜん》、幸造《こうぞう》が座《すわ》りこんで高く伸《の》びた草に手を伸ばした。そしてニタリと笑いながら、おくれてくる弟に声をかけたのだ。

「早《は》よこい、裕太《ゆうた》、虹ばつかまえるぞ」

デコボコのあぜ道を用心しながら歩いていた裕太とカド松が、あわててかけ出す。その直後《ちょくご》、二人そろってギャァァと叫《さけ》んだかと思うと、みごとに前のめりに転《ころ》んでしまった。大笑いしながら虹に向かって走る幸造の背中を、

「兄《あん》ちゃんのばかぁ」

と言って泣《な》き叫ぶ裕太の声が追いかけた。

「兄ちゃんのばかぁ、ばかぁ」

慎矢も泣きまねをしながら虹の中でおどけた。

幸造のいたずらのあとが、最後尾《さいこうび》にいるリコの目に入った。あぜ道の草の葉を結《むす》んだワナだ。知らずに走ると足を取られて転ぶことは間違《まちが》いない。

――うちも転《ころ》んだかもしれん。
かすかな笑みをもらしながら、リコはそっとワナの結《むす》び目を解《と》いた。二つ目の虹《にじ》の色がうすくなるのと同時に、リコはいつもの無口な少女に戻《もど》っている。
虹に向かって走りながら、慎矢《しんや》は、四日前のリコを思い出していた。
庭に放《はな》されていた鶏《にわとり》が、ヒルガオの根もとに卵をひとつ産《う》み落としていた。遊びにきていた麻紀江《まきえ》がそれを見つけて拾《ひろ》い、則子《のりこ》に手渡《わた》そうとしたときのことだ。

「おばちゃん、うち、おんぶしてほしいねん」

まだあたたかみの残る卵を握《にぎ》りしめ、すんだ瞳《ひとみ》で見上げる麻紀江《まきえ》。いつになく細い声だ。

「まあ、よかよ、よかよ」

はずむような声を上げた則子は、パンパンと野良着《のらぎ》のほこりをはらうと、しゃがみこんで背《せ》中《なか》を向けた。小さな両手を則子の首に巻《ま》きつけた麻紀江が、「わーい」と大声を上げる。庭を一周し、二周し、楽しくなった則子は小走りになった。卵を握ったまま手を突き上げ、キャッキャ、キャッキャとはしゃぐ麻紀江。落としたら大変と前かがみになる則子。そこへ、慎矢《しんや》と幸《こう》造《ぞう》、リコが連《つ》れ立って現《あらわ》れたのである。

「麻紀江ッ！」

則子と麻紀江の姿《すがた》を目にしたしゅんかん、リコの顔《かお》つきがきつくなった。

「麻紀江、おいで」

ふるえる手で妹を抱《だ》きよせ、立ちつくす慎矢たちを無視《むし》したまま柏木家《かしわぎけ》に戻《もど》ったリコ。

慎矢たちにはとうてい理解《りかい》できない何かが、リコの体の中をかけめぐっているようであった。

その背中には悲しみを超《こ》えた怒《いか》りがただよい、冷たく打ちのめされた者の痛《いた》みがにじんでいた。

放心《ほうしん》したようにたたずむ則子の手の中には、麻紀江から渡された卵があった。そこには、則子にそっと寄《よ》りそうような麻紀江《まきえ》のぬくもりが残っていた。

「母ちゃん、何かよけいなことしたとやろうかねえ。家には女の子がおらんけん、楽しかったとに」

夕飯《ゆうはん》のとき、がっかりしたようにつぶやく則子《のりこ》に、力強く恭一《きょういち》が答えた。

「気にすんな、母ちゃん。あの子の目の奥《おく》ば見たことあるね。キーンと澄《す》んどるよ」

目の奥が、キーンと澄んどる?……

この子はまたわからんことば言う、と途方《とほう》にくれている則子に、恭一はさらりと言い足した。

「母ちゃんとも、みんなともすぐ仲良しになる。心配せんでよかよ」

その声は、則子や慎矢《しんや》に安らぎを与《あた》えるものであった。澄みきったリコの目の奥に、恭一は何を見、何を感じたのだろう。恭一には、かたくななリコの心の声が聞こえるのだろうかと、慎矢はそっと兄を見つめたのだった。

リコは相変《あいか》わらず無口で、かたときも麻紀江から目を離《はな》すことはない。麻紀江が、女の子たちと遊ぶよりも慎矢たちと遊ぶことを望《のぞ》んだので、リコもすっかり慎矢たちの一員となった。もっとも、その輪《わ》の中心にいる麻紀江とちがって、リコはつかず離《はな》れずの体勢《たいせい》を保《たも》っている。それでも、常に身近にリコがいることで、慎矢はどぎまぎとして口数が減《へ》った。なぜ自分がそうなるのか、慎矢自身わからない。自分より頭半分高いリコと目が合うと、見上げている自分の目にカッと火花が散《ち》るような気がする。そうすると、たとえほかの仲間との会話中であっても、とたんに声が小さくなる。ちゃんとしゃべらんかあ、と幸造《こうぞう》にポカリと頭をなぐられ、「しっかりせんか、お前このごろおかしかぞ」と言われる。だが、慎矢《しんや》の方こそ、「おかしかとはお前たい」と思っている。

幸造は、慎矢とはまったく逆だった。もともとはつらつとした元気な顔がなおいっそう輝《かがや》き、ふざけてはしゃべり、しゃべっては走りまわり、毎日が興奮状態《こうふんじょうたい》であった。境内《けいだい》でも、若田川《わかたがわ》でも、遊びの大将《たいしょう》としての勢《いきお》いは増《ま》すばかりであったが、ある夜、珍《めずら》しく胃痛《いつう》を起こしてしまった。熱も七度九分と高い。連日の焼けるような暑さに加え、すっかり気分が高まっているので、神経がとまどったのだろう。医者のいない綾瀬《あやせ》では、どこの家にも常備薬《じょうびやく》として薬草《やくそう》が置《お》いてある。まるで毒薬《どくやく》のようなせんぶりの苦《にが》さに悲鳴《ひめい》を上げながら、幸造は眠れぬ夜を過ごしたのだった。

墓地へ

今日も暑い。せわしなく鳴《な》きつづけるアブラゼミの大合唱《だいがっしょう》を耳にしていると、もうそれだけで汗《あせ》がふき出てくる。

「幸造《こうぞう》、おれ、墓《はか》は好かん。遠回りしても行けるとなら、わざわざ墓の前ば通ることなかろうもん」

昼食後、境内《けいだい》に集まったとき、

「いまから鬼《おに》ぐらに行くぞ」

と幸造が宣言《せんげん》したのだった。行方不明騒《ゆくえふめいさわ》ぎを起こした六平《ろっぺい》がひと晩を過ごしたという鬼ぐら。幸造は、そこに何かがかくされているとでも思っているらしい。

慎矢《しんや》の足はのろのろ歩きの上にときどき立ち止まってしまう。その慎矢にぴったり寄《よ》りそうようにして泣《な》きべそをかいている裕太《ゆうた》。裕太は、しゃくりあげながら兄の背中に向かってしゃべり続ける。

「兄《あん》ちゃん。盆《ぼん》でもなかとにお墓《はか》に行ったらいかんって、カド松のばあちゃんが言いよったよ。お墓んなかで息《いき》ばしたら、死んだ人がおれらの体ん中に入ってくるとよ。そしたらみんな死ぬやなかね」

墓には苦《にが》い思い出がある慎矢《しんや》も必死《ひっし》だ。

「幸造《こうぞう》、大貫池《だいかんいけ》の方から行こうぜ。そんなら墓の前ば通らんでもよかたい、な」

カミナリ嫌《ぎら》いは克服《こくふく》したが、墓に対する恐怖《きょうふ》はまた別のものだ。慎矢は、何とか墓地《ぼち》を避《さ》けたい一心で幸造の腕《うで》をつかむ。その腕も、慎矢の手も汗《あせ》でぬれている。

両手をポケットにつっこんだまま、そしらぬ顔《かお》で歩いていた幸造が突然《とつぜん》走り出した。あわてて追いかける慎矢たち。額《ひたい》に汗をにじませた麻紀江《まきえ》がわあわあと叫《さけ》んで続き、カド松の手をとったリコが笑顔も見せずそのあとを追う。乾燥《かんそう》した白い道に砂ぼこりが舞《ま》い、彼らの足もとは粉《こな》をふいたようになった。

幸造は、急に足を止め、ふり向きざまにやりとする。慎矢はしまったと舌打《したう》ちした。幸造の作戦勝《さくせんが》ちである。あのとき、急に走り出した幸造のあとを追ったのは、条件反射《じょうけんはんしゃ》以外のなにものでもない。それに気づいたとき、目の前の芳行寺《ほうぎょうじ》の脇《わき》にうっそうと茂《しげ》る森が立ちはだかっていた。その森の一角《いっかく》をかき分けるようにして、『地獄坂《じごくざか》』と呼ばれる急坂《きゅうざか》が牛の舌《した》のようにぬらりとのびている。墓地《ぼち》は、この地獄坂の途中から左へ折れた細い道の先にあるのだ。さらに目《め》指《ざ》す鬼《おに》ぐらは、暗くじめじめとした墓地を通り抜けなければならない。

「兄《あん》ちゃんは性《しょう》の悪かあ」

裕太《ゆうた》が声をあげて泣《な》き出した。カド松が裕太のシャツをつかんだまま、不安そうに顔《かお》を引きつらせている。裕太は、しゃくりあげながらカド松の耳にピタリと口をよせ、真剣《しんけん》なおももちでささやいた。

「おい、墓《はか》に着いたら息《いき》ばするな。息ばしたら死人が口のなかに飛びこんでくるからな」

カド松は、こぼれ落ちそうな大きな目玉をくるりと一回転させてうなずいた。裕太の腰巾着《こしぎんちゃく》のカド松は、裕太が泣けばともにべそをかき、誰《だれ》かとけんかをすれば後ろから小さな手を出して加勢《かせい》する。いつも泣いてばかりで決して強いとは言えず、正義感にも乏《とぼ》しい裕太だが、なぜかカド松は心の底からしたっているのだ。カド松は本当は「門松和孝《もんまつかずたか》」というのだが、本名で呼ばれたことなど一度もない。「もんまつ」よりも「カド松」の方が身にしみついていて、答案用紙《あんようし》にさえ「カド松」と書きこむほどである。

「幸兄ちゃん、うち、なあんもこわいことあらへん。な、早《は》よ行こ」

麻紀江《まきえ》が、幸造《こうぞう》の手を取って歩き出す。じっとりと汗《あせ》ばんだ手をあわててズボンでふき、へ

ヘッとはにかんだまま得意《とくい》そうに肩《かた》をいからせている幸造《こうぞう》。

　両側《りょうがわ》から迫《せま》ってくる草の茂《しげ》みをかき分け、人ひとりがやっと歩けるほどの細い道を、麻紀江《まきえ》は先頭《せんとう》に立って進む。リコが心配そうに首をのばしてみるのだが、幸造の体にかくれてその姿《すがた》は見えない。そのかわり、意味もなく思いつくままを歌にして口ずさむ麻紀江の明るい声がひびく。リコはほっと溜息《ためいき》をついた。麻紀江に対するリコの心配性《しんぱいしょう》は、最近少しやわらいでいる。

　泣《な》きじゃくる裕太《ゆうた》と、その泣き声につられて涙《なみだ》を流しはじめたカド松。二人は前になりあとになり、たがいにゆずりあってはときどき立ち止まる。

　最後尾《さいこうび》のリコは、そんな二人をせかすことはしない。二人が立ち止まれば止まり、歩き出せば足を運ぶといった具合《ぐあい》で、以前に比べるとずいぶんとおだやかな顔《かお》つきである。

暗い地獄坂《じごくざか》をまっすぐ下れば、そこには明るい陽《ひ》がはずむ集落《しゅうらく》がある。しかし、墓地《ぼち》へ向かうだけのこの細い道の先にあるのは、群《むれ》をなした墓石《はかいし》だけだ。かんかん照《で》りの日が続いているというのに、道の両側の夏草はしっとりぬれて茂《しげ》っている。墓《はか》への道を一歩踏《ふ》み出したあのときから、あたりの空気が変わったことを慎矢《しんや》は肌《はだ》に感じていた。そこには、油断《ゆだん》ならない何かと向き合うときのような、張《は》りつめた気配《けはい》がただよっていた。

慎矢の胸《むね》の鼓動《こどう》が高くなった。本当のところは、裕太《ゆうた》と同じように泣《な》きたいのだ。だけど、おれは六年生。来年は中学生になるんだ。四年生の裕太なんかといっしょに泣けるもんか。第一、リコがいるではないか、と慎矢は歯を食いしばる。

ただ単に墓がこわいと言って泣く裕太と違って、慎矢にはちゃんとした理由があった。おとしの夏のことだ。盆《ぼん》前の墓そうじにいやいやついて行った慎矢の目の前で、墓石がぐらりと動いたのである。それは、大人の頭《あたま》二つ分ほどの、碑名《ひめい》のない丸い石であった。同じような石がほかに五基《き》、少し盛《も》り上がった土の上に無造作《むぞうさ》に置《お》かれている。その部分のそうじをまかされた慎矢が、不思議《ふしぎ》に思って手を伸《の》ばしたしゅんかん、墓石が動いたのである。慎矢は腰《こし》を抜《ぬ》かした。悲鳴《ひめい》を上げてその場にはいつくばった。則子《のりこ》が何ごとかと飛んできたが、事情《じじょう》を知ると笑《わら》いながら言った。

「これは家の仏さんじゃなかとよ。無縁塚《むえんづか》たい。いつ頃からあるとか知らんばってん、いっしょに供養《くよう》しとるとたい。きれいにしてくれてありがとうって、仏さんがお礼ば言わっしゃったとやろ」

おれは墓石《はかいし》にはさわっとらん。絶対《ぜったい》さわっとらん。だけど、おれの手を待っとったようにあの石は動いた。母ちゃんがおらんやったら、おれはあの墓石に手を取られて土の中に引きずりこまれたかもしれん、と慎矢《しんや》はすっかりふるえ上がっていたのだった。

いまも、慎矢の頭《あたま》からあのときの恐怖感《きょうふかん》が消えることはない。こんどは、無縁塚ばかりか、墓地《ぼち》を埋《う》め尽《つ》くす墓碑群《ぼひぐん》がぐらぐらと動きだし、地響《じひび》きをたてて襲《おそ》ってくるのではないかと思えた。そう思うだけで足がすくむ。

「ちくしょう幸造《こうぞう》め、そんときはお前もいっしょぞ」

ぶつぶつとひとりごとを言いながら、ふっとふり向いた。リコと目が合った。リコは、見えるか見えないかぐらいの動きで首を傾《かたむ》けた。まるで何かの合図《あいず》のように。恐怖心でいっぱいの慎矢の胸《むね》の内に、小さなさざ波が立った。それは、陽《ひ》を受けて踊《おど》る木《こ》もれ日のようにあたたかく、心落ち着くものであった。

——リコ、お前だけは助けちゃる。絶対助けちゃる！

何としてもリコを助けるだけの勇気《ゆうき》は残しておきたい。慎矢がそう自分に言い聞かせているうちに墓地《ぼち》に着いた。

真夏だというのに、ここはどうしてこんなに寒《さむ》ざむとしているのだろう。そこここにただよう霊気《れいき》のようなものが、慎矢《しんや》たちから言葉《ことば》を奪《うば》っていた。とっくに泣《な》きやんだ裕太《ゆうた》の顔《かお》はこわばり、幸造《こうぞう》さえも無言《むごん》だ。息《いき》を止めたカド松の顔は真《ま》っ赤《か》になっている。だが、そんななかでもなお、ひとり麻紀江《まきえ》だけは元気に大声を張《は》り上げては奇妙《きみょう》な言葉をくり返している。

「おーはかだ　おーはかだ　お母ちゃんのおーはかだ　おーはなをつんで一、二、三」

どうやら思いつきの歌らしい。慎矢も幸造も、その明るい声にほっと我《われ》に返ったように顔を見合わせた。

「麻紀江ッ」

少しおくれてやってきたリコが、きびしい声で麻紀江をたしなめた。だが、麻紀江はそしらぬ顔で、

「お姉ちゃんのおーこりんぼ　おーこりんぼ　おーこりんぼ」

と大声で歌い返したのだった。

さまざまな形をした墓石《はかいし》が並ぶ中に、真新しい卒塔婆《そとうば》が見える。それは、二ヵ月ほど前に死んだ西沢《にしざわ》のおこんばあさんのものにちがいない。前日まで元気で畑に出ていたおこんばあさんは、寝慣《ねな》れたふとんの中で夜明けを待たずに死者となっていた。どうして死んだのか自分でも

分からないまま、丸形の棺桶《かんおけ》の底でひざを抱《だ》き、まん丸くなってうずくまっていたおこんばあさん。その白くて長い髪《かみ》の毛がざばあっと広がって、おこんばあさんの小さな体をおおいかくしていたという。一部始終《いちぶしじゅう》を語る孫《まご》の浩志《ひろし》は、日頃《ひごろ》は誰《だれ》にも相手にされないほど無口だったが、忌引《きび》き明けの教室では得意《とくい》げによくしゃべった。細《こま》かに死者の様子《ようす》を語る浩志は、わずかの時間、子供たちの好奇《こうき》の視線《しせん》を一身に集めたのだった。

　木目《もくめ》もくっきりとしたおこんばあさんの卒塔婆《そとうば》を目にしたしゅんかん、慎矢《しんや》も幸造《こうぞう》もあの浩志の話を思い出していた。さすがの幸造もゾクリと首をすくめた矢先《やさき》、当《とう》の卒塔婆のかげで何か黒いものがうごめいた。いっしゅんではあるが、気のせいではない。やがてそれは音もなく地中から舞《ま》い上がり、黒い羽をゆっくりたたんで卒塔婆の上に止まった。直立不動《ちょくりつふどう》のまま目を点にした六人全員、言いしれぬ不安と恐怖《きょうふ》に声を失っていた。彼らの目の前にこつぜんと現れた一羽のカラス。しかも、その口にはなにやら細長いものをくわえている。

「………」

　六人とも無言。カラスも無言。ただ、じっと向き合ったままだ。裕太《ゆうた》がしびれたような細い声でつぶやいた。

「……兄《あん》ちゃん、あれ、おこんばあさんの骨やないと……」

　言い終わらないうちに、裕太は「ウギャァア」と叫んだ。自分の声にキモをつぶしたとたん、もう足が走り始めている。ウオーッ、ギャワワと口々に叫《さけ》びながら、みんながそのあとを追う。

やみくもに走り続ける慎矢《しんや》たちの視線《しせん》の向こうに、陽《ひ》を受けて輝《かがや》く大貫池《だいかんいけ》が一枚の鏡《かがみ》のように広がって見えた。

「おーい、裕太《ゆうた》、待て」

顔《かお》をひきつらせたままひたすら走り続ける弟の裕太を、幸造《こうぞう》が呼《よ》び止めた。

「行きすぎたごたる。慎、鬼《おに》ぐらは墓地《ぼち》のすぐ側《そば》って聞いたなあ」

「そう聞いたばってん、今日はもう帰ろう。大貫池まで行ったら大通りに出る道があるやろ。幸造、もう帰ろうぜ」

「何ば言いよるとや。せっかくここまで来といていまさら帰れるか。おい、裕太、引き返すぞ」

引き返すぞォ、引き返すぞォと例の調子で麻紀江《まきえ》が歌い出した。途中で拾《ひろ》った枯《か》れ枝《えだ》を打ちふりながら、楽しそうに拍子《ひょうし》をつけている。六人の中で一番小さな麻紀江が、誰よりも明るく元気がいい。そんな麻紀江に負けられないと思ったのか、裕太のぼやきがめっきり減《へ》った。

「ここらあたりば探《さが》してみよう」

三十メートルほど引き返したとき、幸造《こうぞう》が立ち止まって右手を指さした。墓地《ぼち》を取り囲《かこ》むクヌギやコナラなどの雑木林《ぞうきばやし》をさけるように、そこだけこんもりとした草地《くさち》がある。幸造は、立ちそよぐカヤをかき分けてずんずん進む。麻紀江が続く。草丈《くさたけ》が高いので、麻紀江の麦わら帽子はとっくにぬげ落ちて首の後《うし》ろだ。ざらついたカヤの細い葉先が、その小さな額《ひたい》をさっとかすめると、細く血がにじんだ。カヤで切った傷あとはかゆい。おまけに汗《あせ》がしみこむので痛《いた》くもある。だが、麻紀江《まきえ》は泣きごとひとつ言わない。

先を行く幸造《こうぞう》の姿《すがた》がカヤにかくれて見えなくなると、このまま黙《だま》って帰りたいものだと慎矢《しんや》は心底《しんそこ》そう思った。しかし、そんな慎矢の側《そば》にはリコがいる。何も言わないが、不満そうな様《よう》子《す》はまったくない。それどころか、この遊びを楽しんでいるようにさえ見える。慎矢たちといっしょにいると安心なのか、麻紀江に対する干渉《かんしょう》の度合《どあい》いがぐんと少なくなっている。

「おおっ、あったぞ」

悲鳴《ひめい》に近いような幸造の、大きな声があたりに響《ひび》いた。慎矢は、なぜともなくハッとしてリコを見た。目が合った。リコが小さく笑う。その笑顔に押されるように慎矢はカヤをかき分け、幸造の声の方へと進む。裕太《ゆうた》とカド松はおずおずと辺《あた》りをうかがい、両手でカヤをよけながらゆっくりとリコが続いた。

幸造が、地面にしゃがみ込んで一点を見つめている。そこには、黒ぐろと口を開けた穴《あな》があった。天から降《ふ》ってでも来たような大きな岩の下の空洞《くうどう》。それは、古墳《こふん》時代に築《きず》かれた石室《せきしつ》で、横穴式《よこあなしき》古墳である。その時代、古墳は主に時の権力者たちのために作られた。しかし、「鬼《おに》ぐら」と呼ばれるこの古墳は、岩を利用して地下に掘《ほ》られている。その様子《ようす》から見て、おそらく、少

し時代が下がって一般《いっぱん》の人たち用に作られ、使われたもののようである。

だが、慎矢《しんや》も幸造《こうぞう》もそんなことは知らない。知らないが、幸造はこの穴の中のどこかに、六《ろっ》平《ぺい》が置き忘れた巻物《まきもの》があると信じて疑《うたが》わないのであった。

鬼ぐら

「何や、この穴《あな》」

「ここが鬼《おに》ぐらぜ、間違《まちが》いなか」

幸造《こうぞう》は膝《ひざ》をついて穴の中をのぞき込む。

「兄《あん》ちゃん、気色《きしょく》悪かあ。おれ入りとうなか」

しりごみする裕太《ゆうた》を押しのけた麻紀江《まきえ》が、

「うち、なあんもこわいことあらへん。何かええもんあったら、うちが見つけたる」

と意気込《いきご》んだ様子《ようす》で幸造の背中をたたく。

「麻紀江、何言うてんねん。そないなことしたらあかん。こっちおいで」

あわてて麻紀江の手を引くリコ。

「慎矢《しんや》、お前先に行けや」

慎矢は、ギョッとして一歩あとずさった。

「何ば言うとや。巻物《まきもの》や古文書《こもんじょ》やいうて騒《さわ》いどるとはお前やろ。お前が先に行け」

口をとがらせた慎矢の勢《いきお》いに負け、意《い》を決したように立ち上がった幸造《こうぞう》が、裕太《ゆうた》に向かって言った。

「お前、入らんとなら残って見張《みは》りしとけよ」

裕太の目がうるんだかと思うまもなく、大粒《おおつぶ》の涙《なみだ》が頬《ほほ》を流れた。穴《あな》もこわいが、ひとり残されるなんてもっとこわい。

「裕ちゃん、泣《な》かんでもええ。うちがいっしょやさかい、こわいことないで」

自分より小さな麻紀江《まきえ》に励《はげ》まされて、裕太はムッとした。ムッとしたとたんに、泣き声がのどの奥《おく》から飛び出した。おいおいとけたたましく泣きながら、裕太は真っ先に穴の中へ入った。

カド松があわてて裕太を追う。

「うわあ、裕ちゃん勇気《ゆうき》あんねんなあ、うち尊敬《そんけい》するわ」

裕太をおだてながら麻紀江が続く。小さい子たちに先を越《こ》され、拍子抜《ひょうしぬ》けがしたようなそぶりの幸造。「何か見つけても手ば出すな」と言いながら、ほいと懐中電灯《かいちゅうでんとう》をつきだした。

鬼《おに》ぐらの周囲は、堆積《たいせき》した落ち葉と夏草でおおわれており、その穴の入り口は子供一人がやっと通れるほど狭《せま》い。穴《あな》の中は暗く、懐中電灯《かいちゅうでんとう》一本の光では、内部の様子《ようす》はうかがえない。三メートルほども奥《おく》へはいると、もう外の光は届《とど》かない暗闇《くらやみ》だ。裕太《ゆうた》のしゃくり声が、ヒックヒックと穴の中に反響《はんきょう》している。慎矢《しんや》はブルッと肩《かた》をふるわせて座《すわ》りこんだ。天井《てんじょう》が低く、とても立ってはいられないのだ。小さな麻紀江《まきえ》がようやく立てるくらいだから、高さは一メートルちょっとくらいだろうか。穴の中は暗く、ひんやりとしている。外は三十度近い暑さだというのに、ここは別天地《べってんち》のように涼《すず》しい。湿《しめ》った土の匂《にお》いがこもってはいるが、春の川辺《かわべ》で感じるのと同じさわやかさがある。暗くて薄気味《うすきみ》悪いのはたしかだが、不思議《ふしぎ》に恐怖感《きょうふかん》はない。奥へ進むにつれて、わずかずつながら天井が高くなっているようだ。深く腰《こし》を折っていた幸造《こうぞう》やリコはもちろん、慎矢の姿勢《しせい》にも少しゆとりが見えだした。

この穴の中に入るのはみんな初めてのことであった。「墓《はか》の向こうの洞穴《ほらあな》」のことは誰にともなく聞いてはいた。だが、「墓の」という言が彼らの関心《かんしん》を遠ざけていたのだ。そんな気持ち悪いところへ行かなくても、川や野原、境内《けいだい》での遊びの方がはるかに楽しい。

いつだったか、カド松の両親が山仕事に行ったとき、野ザルに弁当《べんとう》をとられたことがあった。梅干《うめぼ》し以外のものを食べつくしたサルは、アルミの弁当箱《べんとうばこ》を踏《ふ》みつけてボコボコにしていた。話を聞いた幸造は、「カタキばとってやる」とみんなを連れて山に入った。もちろん、おとりの弁当とありったけの捕獲《ほかく》道具を持参《じさん》してである。幸造は、父親のステテコのゴムをはずして針金《はりがね》を通し、網《あみ》の代《か》わりにした。慎矢《しんや》は竹の先に松ヤニをたっぷりとつけ、裕太《ゆうた》は箸《はし》の先を小《こ》刀《がたな》でけずって投げ矢を作った。カド松は何のつもりか破《やぶ》れた唐傘《からかさ》をかついできたのだが、持ちきれなくなって途中で捨《す》ててしまっていた。万全《ばんぜん》と思われていた慎矢の竹の棒《ぼう》も無駄《むだ》であった。目的地に着く前に、枯《か》れ葉や草の実などが松ヤニにくっついて使いものにならなかったのだ。結局《けっきょく》、幸造《こうぞう》兄弟のステテコと投げ矢に頼《たよ》ることになったのだが、かんじんのサルは現《あらわ》れない。がまんしてがまんして二時間ほどねばったのだが、鳴《な》き声ひとつ聞こえない。

「兄《あん》ちゃん、腹《はら》へったァ」

　結局、裕太の間のびした声に負け、おとりの弁当《べんとう》は彼らの腹の中に消えてしまったのである。

「四人にゃかなわん思うて、サルも近づかんやったとやろ」

得意《とくい》げな幸造のひと言にうなずきながらも、サルに出会わなかったことに慎矢はほっとしていた。帰りの山道でとったサンキライの葉は、カド松の祖母《そぼ》へのみやげとなった。

「小豆《あずき》あんの残っとったけん」

と言いながら、次の日、祖母はサンキライの葉で包《つつ》んだまんじゅうを作ってくれたのだった。

　リコたちが綾瀬《あやせ》に来てからは、若田川《わかたがわ》に行く途中でよくイナゴを捕《と》った。イナゴは鶏《にわとり》のエサになったし、ときにはカド松の祖母が甘辛《あまから》い佃煮《つくだに》にしてくれた。顔《かお》をそむけるリコとちがって、麻紀江《まきえ》は好《この》んで飴《あめ》色のイナゴを口にした。

「わざわざこげなところに来んでも……」

ほかに楽しいことはいっぱいあるのに、と慎矢《しんや》の心は複雑《ふくざつ》なままだ。だが、おとといの六平《ろっぺい》の言葉《ことば》を真《ま》に受けている幸造《こうぞう》を、非難《ひなん》する気持ちはない。あのとき、縄《なわ》ないの手を休めた六平が、澄《す》んだ目を向けながら言ったのだ。

「慎矢、わしゃ鬼《おに》ぐらに巻物《まきもの》ば忘れとるかもしれん」

その言葉を素直《すなお》に受け止めたのは慎矢ではなく、幸造だ。

「じいちゃん、巻物って何ね。いつ置いてきたとね」

くちびるを突きだし、興奮気味《こうふんぎみ》に問いかける幸造に、六平は澄みきった瞳《ひとみ》を向けて答えた。

「綾瀬《あやせ》に爆弾《ばくだん》が落ちた次の日じゃった。大事なもんの焼けんごというて、キヌと二人で鬼ぐらにかくしに行ったとたい。そんとき巻物ば置いてきた気のする」

「巻物って何ね。古文書《こもんじょ》ね。何が書いてあると」

「そらあ、いろいろたい」

「地図やら、いろいろ?」

「そうじゃろう」

「じいちゃん、間違《まちが》いなかね、ほんなことね」

幾度《いくど》も念《ねん》を押す幸造に、「おう」と自信満々《じしんまんまん》で答えた六平だったが、遠い目に戻《もど》るとふたたび縄ないを始めたのであった。

幸造《こうぞう》は、そのときの六平《ろっぺい》の真剣《しんけん》なまなざしを忘れることが出来ない。たしかに、ボケの症状《しょうじょう》がひどい六平だが、正常なときもある。「鬼《おに》ぐらに巻物《まきもの》ば置いとる気のする」と言った六平が、そのとき正常であったと幸造は信じているのだ。そればかりではない。その巻物には、財宝《ざいほう》の隠《かく》し場所が「書いてある」と言い切るところまで来てしまっているのだ。六平の話をもっとよく聞けばよかったのだが、「巻物」という言葉《ことば》に酔《よ》ってしまった幸造には、それが真実なのかどうかを確かめる余裕《よゆう》はなかったのである。

慎矢《しんや》もまたうわの空であったから、「キヌと二人で」という矛盾《むじゅん》した六平の話に気づかなかったのだ。祖母《そぼ》のキヌは、綾瀬《あやせ》に爆弾《ばくだん》が落ちる二年も前に死んでいたのだったから。

「兄《あん》ちゃん」

おずおずと懐中電灯《かいちゅうでんとう》を穴《あな》の奥《おく》に向けていた裕太《ゆうた》のかすれた声が、暗闇《くらやみ》の中でふるえている。細い目は、恐怖《きょうふ》を吸《す》い込んだように大きく見開かれたままだ。

「裕太、何か見つけたとや」

幸造が大声で叫《さけ》ぶ。その声は土壁《つちかべ》を打ち、穴の中に反響《はんきょう》し、わあわあと彼らの耳にはね返った。裕太は声をなくして前方を指さしている。麻紀江《まきえ》が、

「どないしたん?」

と前に飛び出そうとした。そのときだ。

「やあ」

突然《とつぜん》、聞きなれない声がした。みんなはギョッとして足を止めた。声は、後《うし》ろからではない。誰《だれ》もいないはずの穴《あな》の奥《おく》から聞こえたのである。しかも、数メートル先の方は、なにやらうっすらと灯《あ》かりがともっているようにほのかに明るい。そこに黒いシルエットを浮き立たせている少年の影《かげ》。幸造《こうぞう》は、裕太《ゆうた》の手から懐中電灯《かいちゅうでんとう》をもぎ取り、暗い影に向かってかざした。少年は、その灯をさえぎるように顔の前で小さく手をふった。

「やっと来たんだね。いつ来てくれるかって、みんな待ってたんだよ」

少年は、幸造と同じくらいの背丈《せたけ》をしている。笑顔《えがお》とともにうれしさが体中からにじみでているようだ。その後ろには小さい子供たちが三人、もつれあうようにしてこちらをうかがっている。その中の一人の女の子の背中に見えるのは赤ん坊だろうか。

さっきまで頭がつかえるほど低かった天井《てんじょう》が、急に高くなっている。

「へえッ？　へえッ？　待っとったって、おれたちば？」

へっぴり腰《ごし》の上に声までうわずっている幸造からは、日頃の腕白《わんぱく》ぶりは想像《そうぞう》もできない。

「そうさ、君たちを待ってたのさ」

「お前、だれ？」

「ぼく、道雄《みちお》。君たちと同じ十二歳だよ。といっても十二歳だったのは十年前だけどね」

道雄と名乗る少年は、ほかの子供たちの肩《かた》に手をおきながら言った。

「この子は登《のぼる》、九歳だよ。赤ん坊を負《お》ぶっている市子《いちこ》も九歳。赤ん坊は俊介《しゅんすけ》と言って登の弟、一歳になったばかりなんだ。そしてこの子はなほみ。なほみは四歳」

慎矢《しんや》は、道雄を見つめた。幸造《こうぞう》も裕太《ゆうた》もカド松も、じっと見つめた。知らない顔《かお》だ。聞いたこともない名前だ。この子たちは、リコや麻紀江《まきえ》と同じように、どこか遠くから遊びに来ているのだろうか。

――十年前に十二歳だって？　ヘッ、こいつ、おかしなことば言うとるぞ。

「幸造、こいつ誰《だれ》や。おれ、知らんぞ」

慎矢《しんや》は、幸造《こうぞう》の背後《はいご》から小さくささやいた。

「うちも知らんわ、会うたこともあらへん」

麻紀江《まきえ》が大人ぶった顔《かお》で道雄《みちお》を見上げる。幸造はいつもの元気さを取り戻そうと下腹《したばら》に力を入れた。

「お前、何でおれたちが十二歳って知っとうとや」

挑《いど》むような幸造の声が穴《あな》の中に響《ひび》き渡《わた》る。

「だって、ぼくはいつも君たちといっしょだもの」

「はあ?」

道雄は、踊《おど》るような軽《かろ》やかさで穴の奥《おく》をふり返った。

「あそこに座《すわ》って話さないか。ぼくたち、とても楽しみにしていたんだ。おいでよ」

うふふっと小さな笑《わら》い声をたてながら、登《のぼる》たちが穴の奥へかけていく。

「おい、あいつらキツネやないとや。この鬼《おに》ぐらはキツネの巣《す》ぜ。な、幸造、帰った方がいいとやないや」

「鬼ぐらやけん、鬼の子供かもしれんよ、兄《あん》ちゃん」

おそるおそるささやきかける慎矢と裕太《ゆうた》の声をふり切るように、幸造がきっぱりと言った。

「十年前に十二歳とか、いつもおれたちといっしょだとか、わけのわからん。おれはこげなも

やもやした気持ちのままで帰りとうなか……」

幸造《こうぞう》の言葉《ことば》が終わらないうちに、麻紀江《まきえ》が歩き出していた。赤ん坊を背負った市子《いちこ》に走り寄り、うれしそうに小声で話しかけている。あわてて追いかけるリコのあとに、幸造たちが続いた。

穴《あな》の奥《おく》はかなり広く、そこには花ゴザが敷《し》いてあった。新しくはないが、カビの匂《にお》いなどまったくなくて清潔《せいけつ》そのものだ。不思議《ふしぎ》なのは、その明るさである。電気はもちろん、ランプもロウソクもない。それなのに、慎矢《しんや》たちの懐中電灯《かいちゅうでんとう》もいらないほどのやさしい光があふれている。

「さあ、座《すわ》って。ずっと前、おじいちゃんが来たよ。慎矢くんのおじいちゃんがね。ここでひと晩眠《ばんねむ》ったよ。あのとき、みんな心配したみたいだね。でも、おじいちゃんがあんまり気持ちよさそうだったから、そっとしといたんだ」

慎矢はポカンと口を開けたまま、ぼんやりと道雄《みちお》を見つめた。誰《だれ》なんだろう、こいつ。おれの名前を知ってるぞ、じいちゃんのことも知ってる。頭《あたま》の中は真っ白だが、慎矢は何かを探《さぐ》り出そうと必死《ひっし》だった。頭の奥の奥の方に、何かが引っかかってもがいている。だが、思い出せない。

「慎矢くんって、お前なあ。そんならおれのことも知っとうとや」

怒《いか》りをふくんだような幸造《こうぞう》の声。

「知ってるさ、幸造くん。君の弟の裕太《ゆうた》くん、その友達のカド松くん。それに大阪のリコちゃんと麻紀江《まきえ》ちゃんもね。ところで幸造くん。残念《ざんねん》だけど、君の探《さが》している物はここにはないんだよ。おじいちゃんの思い出以外はね」

……。

道雄《みちお》は、まるで何かを楽しむように慎矢《しんや》たちを見回した。

「ぼくたちは、ずうっと友達だったんだよ」

どこかに風穴《かざあな》があるのだろうか。窓などあるはずもない穴の中で、しかし、流れる空気にはよどみがない。突拍子《とっぴょうし》もない道雄の話にとまどい、思わず深呼吸《しんこきゅう》する慎矢たち。すると、体のすみずみにまできれいな空気が行き渡《わた》るのが分かるのだ。そうやって、いくどか深呼吸をくり返しているうちに、みんなすっかり落ち着きを取り戻《もど》していたのである。

「お前たち、どこから来たとや」

幸造が、しっかりとした口調《くちょう》で道雄の笑顔《えがお》に問いかけた。

「どこからって、ここだよ。綾瀬《あやせ》だよ。ぼくたち綾瀬で生まれたんだよ」

歌うように語る道雄の横で、

「生まれたけど、死んだの」

と、ちょっと悲しい目をして市子《いちこ》がつぶやいた。

「……死んだって」

めずらしくリコの小さな声がした。その顔《かお》は白く、目は宙《ちゅう》を見つめたまま無表情《むひょうじょう》であった。何か深い思いにとらわれ、その深みにどんどん入りこんでいくようなつらさがにじみ出ていた。市子の言葉に何と応《こた》えていいかわからずにいた慎矢《しんや》たちは、そのリコの様子《ようす》にさらに驚《おどろ》いていた。

綾瀬の月

「兄《あん》ちゃん、兄ちゃん、この人ら死んどるとやろ。死んどるとならゆうれいやなかとね」

細い目をいっぱいに見開いた裕太《ゆうた》が、おびえた声で幸造《こうぞう》の耳にささやいている。カド松は汗《あせ》で汚《よご》れた裕太のシャツをしっかりとつかみ、ときどきスーッと息《いき》を吸《す》いこんでいる。どうやら必死《ひっし》で息を止めているらしい。

「こわがらなくてもいいよ、裕太くん。ぼくたち、ゆうれいなんかじゃないからね。ぼくたちは、この鬼《おに》ぐらの中ではちゃんと生きているんだ。元気だったころのままで、生き続《つづ》けているんだよ」

落ち着きのある、明るい声で語る道雄《みちお》の言葉《ことば》には、裕太の不安を取りのぞくやさしさがあふれている。

「死んどって生きとるって、どういうことや。そげなこと言われたっちゃ、おれたちいっちょんわからん。ここでだけ生きとるって何や」

花ゴザの上に無造作《むぞうさ》に投げ出した両足を抱《だ》きよせながら、幸造《こうぞう》がささやくように言った。

「十年前、綾瀬《あやせ》に爆弾《ばくだん》が落ちたこと、知ってる？」

口もとにかすかな笑《え》みを残したまま、道雄《みちお》が語りかけた。

「うん、聞いたことあるばってん、くわしかことは知らん。なあ、慎」

「誰《だれ》か死んだって聞いた。ばってん、よう知らん」

「うち、聞いたことあらへん。なあお姉ちゃん」

「ふふふ。麻紀江《まきえ》ちゃんが知らないのも無理ないよ。

月がきれいだったな、あの夜は。麦刈《むぎか》りが終わったあとの田植えの準備《じゅんび》でいそがしい時期《じき》でね。僕も田起《たお》こしの手伝いをしてたんだ。父さんといっしょに家に帰り着いたのは八時ぐらいだったけど、大きな丸い月がくっきりとぼくらの影《かげ》ぼうしをつくってた。生まれつき足の悪い父さんの影は、歩くたびに大きく揺《ゆ》れるんだ。ぼくは後ろ向きに歩いて、父さんの影とぼくの影がくっついたり離《はな》れたりするのを見ていた。なんだかとってもうれしかったなあ」

慎矢《しんや》たちは、黙《だま》ったまま道雄の話に耳を傾《かたむ》けた。道雄の語る月夜の影ぼうしが、仲良《なかよ》くくっついたり離れたりしている様子《ようす》を想像《そうぞう》して思わずほほえんでいた。

「十年前のあの月、六月十九日のあの月は、どうしてあんなに美しく輝《かがや》いていたんだろう。戦《せん》争《そう》を知らないまま過《す》ごしていたぼくらの綾瀬《あやせ》が、もうすぐ火の海になることをあの月は知っていたのだろうか。美しく輝くことで、綾瀬を襲《おそ》う悲しみをぬぐい取ろうとしていたのかなあ」

低く静かな口調《くちょう》で語る道雄《みちお》。

「十時頃だったかな、ぼくが寝《ね》たのは。蚊帳《かや》を吊《つ》ろうとして部屋に広げたら、妹の志津子《しずこ》と加《か》南子《なこ》が来て『海だあ、海だあ』って言いながら蚊帳の上で遊びだしたんだ。ぼくもいっしょになって手足をバタバタしたさ。そしたら父さんも来て、四人で蚊帳の海を泳いだんだ。窓から入ってきたホタルもいっしょだったよ。しばらく遊んだあとで、ホタルを逃がしながら父さんが言った言葉《ことば》が忘《わす》れられないなあ」

「……何や」

「このホタルはこのホタル一匹、このホタルの代《か》わりになるホタルはいないんだよ。世の中に子供はいっぱいいるけど、お前たちの代わりになる子供はいない」

「………」

「そう言って父さんは、ものすごく強い力でぼくと妹たちを抱《だ》きしめたんだ。暑くて苦しくて、でも楽しかったなあ。

そのあと、蚊帳を吊って中から窓越しに月を見たよ。センダンの木の上で、まるで空にはりつけられた白いお盆《ぼん》のようだった。星もかくれるほどの明るさだったんだ。ぼくには、月が怒《おこ》っているように見えたなあ。だって、本当にこわいくらいにきれいな月だったんだよ」

慎矢《しんや》は目を閉《と》じていた。道雄《みちお》の声が、耳からではなく、直接胸《むね》の奥《おく》に響《ひび》いてくるように感じられたのである。そして、おれもいま道雄と同じ月を見ている、と思っていた。

「ぼくは自分の部屋に戻って、読みかけの『トムソーヤの冒険《ぼうけん》』を開いた。だけど、一行も読まないうちに眠ってしまった。きっと、田起《たお》こしの手伝いで疲れていたんだ。夢の中でサイレンの音がしたよ。そのすぐあと、聞いたこともない大きな音がした。ザバアー、シュウシュウってね。

その音で目が覚めたとき、ぼくは死んでいた。どうしてそうなったのか、ぼくには何も分からなかった。でも、死んでたんだ。それだけははっきり分かったよ。隣《となり》の部屋の父さん、母さん、妹たち、そして仏間《ぶつま》に寝《ね》ていたおじいさん、おばあさんたちは無事《ぶじ》だった。ぼく、うれしかったな。ぼくの大好きな人たちがみんな無事で」

両親の部屋とふすま一枚へだてた三畳間《さんじょうま》で、焼夷弾《しょういだん》の直撃《ちょくげき》を受けた道雄は、深い眠《ねむ》りの中で死んだのだという。

「月はきれいだったよ。ぼくが死んでも、そこら中が火の海になっても。月は透《す》き通るように輝《かがや》いて、逃げまどう人々や犬や猫、牛や馬やヤギたちを照《て》らしてた。ぼくには、月の心が分か

らなかった」

いつの間にか、慎矢《しんや》も幸造《こうぞう》も正座《せいざ》していた。ひざに置《お》いた二人の両手はかたく握《にぎ》られている。まっすぐ道雄《みちお》を見つめながら、慎矢は低い声で尋《たず》ねた。

「月の心って？」

「日本は戦争《せんそう》してたけど、綾瀬《あやせ》は静かな村だった。戦争ごっこをしている子もいたけど、ぼくはいやだったからよく若田川《わかたがわ》に行った。たくさん魚を捕《と》ったよ。ツガニも捕った。わなをしかけてスズメも捕《つか》まえた。カエルの解剖《かいぼう》だってやったよ。勉強《べんきょう》よりもそうやって遊んでる方が多かったな。君たちと同じだね」

「おれ、ウナギ捕ったぜ」

「うん、知ってる。すごいよ、幸造くんは」

幸造の得意《とくい》そうな表情《ひょうじょう》はすぐに消えた。

「あの夜の月は知ってたんだ。ぼくはそう信じている。爆弾《ばくだん》が落ちるのと同時に火の玉になった油脂《ゆし》が飛び散って、あちらこちらに火柱《ひばしら》が立った。綾瀬が燃《も》えたんだ。ぼくも燃えた。体中に油脂を浴《あ》びたし、焼夷弾《しょういだん》の破片《はへん》がぼくのお腹を切りさいてた。わけが分からなくて、ぼくはふらふらと空へのぼった。そして見たんだ。水田の中で揺《ゆ》らめく月をね」

「水田の、月？」

「田植えの時期《じき》だから、どこの田んぼも水が張《は》ってあってね。その水田に映《うつ》った月が、形をなくして揺《ゆ》れていたんだ。ぼくは、ぼんやりと二つの月を見ていた。恐《おそ》ろしいほどに青ざめた空の月と、泣《な》いている水田の月。

同じころ、博多《はかた》の街《まち》も空襲《くうしゅう》を受けていたんだ。ぼくは知らなかったんだけど、博多へ向かっていた爆撃機《ばくげきき》の中の一機《いっき》が引き返してきて、綾瀬《あやせ》に焼夷弾《しょういだん》を落としたらしいんだ」

「一機だけ?」

慎矢《しんや》と幸造《こうぞう》が同時に声をあげる。

「うん、なぜ一機だけが戻《もど》ってきたのか、なぜ綾瀬が狙《ねら》われたのかぼくは知らない。

月は見ていたんだね。火の雨が空を焦《こ》がして燃《も》え続ける博多の街と、綾瀬を焼き尽《つ》くす一部《いちぶ》始終《しじゅう》を。月はきっとそうなることを予感してたんだと思うんだ。だから、あんなに恐ろしいほどに悲しく冴《さ》えわたっていたんじゃないかなあ。

月は、自分の心を水田に浮かべたんだよ。月の涙《なみだ》が水面《みなも》に渡《わた》ってさざ波をたてていた。泣き続けてたんだね、きっと」

すっきりと澄《す》んだ道雄《みちお》の瞳《ひとみ》の中に、白い月が映っている。慎矢も幸造も同時にそう感じたが、黙《だま》っていた。道雄の話に応《こた》えるべき言葉《ことば》がなかったのだ。

市子《いちこ》の背中で、俊介《しゅんすけ》の小さな笑《わら》い声がした。アハ、アハと手足をばたつかせている。市子が帯《おび》をとくと、俊介《しゅんすけ》は二、三歩あるいて倒《たお》れ、そのままハイハイしてなほみの方へ寄っていく。

「俊《しゅん》ちゃんは、ほんとになほみが好きだなあ」

目を細めて道雄《みちお》が笑《わら》っている。

「みんな熱か思いばしたとや？」

幸造《こうぞう》がそっと尋《たず》ねる。

「そうだね。焼夷弾《しょういだん》の中には、どろどろの油脂《ゆし》が詰《つ》められていたから、爆弾《ばくだん》が地上に落ちると同時に四方八方に飛び散《ち》ったんだ。火の油《あぶら》をまき散らしたんだ。だから、確実《かくじつ》に燃《も》え上がってあたりを焼き尽《つ》くしたんだよ。

なほみ、俊ちゃんといっしょに向こうで何か食べるといいよ」

うんとうなずいたなほみが、俊介と並《なら》んで腹ばいになり、ハイハイしながら奥《おく》の方へ行く。その後ろを、麻紀江《まきえ》が同じ姿勢《しせい》で追いかけると、三人の楽しげな笑い声が穴《あな》の中にこだました。

「俊ちゃんはよかったよ。熱い思いをしなくてね。俊ちゃんの上におおいかぶさったお母さんが、火の地獄《じごく》から守ったんだ。登《のぼる》も熱い思いをしたけど、お母さんの腕《うで》が登の頭《あたま》を抱《だ》いてくれたんだよね」

「うん」

大きな目を慎矢《しんや》たちに向けたまま、登がゆっくりうなずきながら言葉《ことば》をついだ。

「体に火がついたとき、ぼくはあばれて泣《な》いたよ。体にくっついた油脂《ゆし》を取ろうとしたけどとれなかったんだ。ものすごく熱かったよ。そのとき、ノボル、ノボルって叫《さけ》ぶ兄さんの声がした。今まで聞いたこともないようなこわい声だった。兄さん助けてって叫んだけど、兄さんとの間には大きな火の壁《かべ》があったから、どうしようもなかったんだ。ものすごく熱かったけど、ぼくは母さんと俊介《しゅんすけ》といっしょだったもの」

花ゴザの上で、拍子《ひょうし》を取るように自分のひざを軽くたたきながら、登《のぼる》は続けた。

「兄さんは、いまも悔《く》やんでいるよ。毎晩《まいばん》泣いているんだ。ぼくや俊介を助けられなかったって言って、今でもぼくたちの名前を呼んで泣いてるよ。兄さんがかわいそう。ぼくは兄さんをなぐさめてあげたいんだ」

「大丈夫《だいじょうぶ》だよ、登。ぼくたち、もうすぐ本当の凪になるんだから」

登の肩《かた》を抱《だ》き寄せながら、道雄《みちお》がささやいた。

――凪になる？　本当の凪って？

道雄のささやき声は小さかったが、それは誰《だれ》の耳にもはっきりと聞こえた。慎矢《しんや》は、ぼんやりとしたまま「凪になる？」と胸《むね》の中でいくども繰《く》り返していた。

「ねえ、」

カド松が、おそるおそる声をかける。

「ねえ、あの子たち、奥《おく》で何ばしよると？」

はしゃぎ廻《まわ》るような麻紀江《まきえ》たちの声が、重くなった慎矢《しんや》たちの心に響《ひび》き渡《わた》ってきた。市子《いちこ》がクスクスッと肩をすくめて笑《わら》いながら言う。

「木の実を食べているのよ」

「木の実？」

「うん、奥にね、ぼくらの木があるんだ」

登《のぼる》が、いたずらっ子のように目を輝《かがや》かせている。市子の笑い声はまだ止まらない。

「うそつけえ、こげん暗うて狭《せま》か穴《あな》ん中に何で木があるとや？」

口をとがらせた幸造《こうぞう》が、ムッとした表情《ひょうじょう》で登にたたみかける。

「奥はここより明るくて広いんだ。天井《てんじょう》も高いよ。木の高さの分だけどね」

登が言い終わらないうちに、麻紀江が目を輝かせて戻《もど》ってきた。

「おねえあん、ひんいーあん、あっじ、あっじ」

麻紀江はうまくしゃべられない。口の中には何かがいっぱいつまっているようだ。あっじ、あっじと口を開くたびに、くちびるのはしから赤い汁《しる》が流れ落ちる。両の手には、木の実がいっぱいだ。

「何やそれ」

みんなは目を見はって麻紀江《まきえ》の手を見つめる。

「木の実だよ」

「木の実って？」

「ヤマモモ、キイチゴ、ザクロ」

「グミもあるよ、ほら、これがそうさ」

麻紀江の手の中の、丸くて赤い実を指さして登《のぼる》が楽しそうに言う。いっしょにのぞいていた市子《いちこ》が、「あら、ないわ」と言って奥《おく》へ走ったかと思うとすぐに戻《もど》ってきた。

「わたし、これが一番好き」

そう言って広げた市子の手には、赤紫色《あかむらさきいろ》に熟《じゅく》したイヌマキの実がいっぱい。市子は、その実の先端《せんたん》についている胚珠《はいしゅ》と呼ばれる緑色の丸い玉をてのひらに転《ころ》がして、

「ほら、きれいでしょ」

と、目を細めた。

「あの晩焼《ばんや》けてしまったけど、私の家の庭にもあったの。秋になって実が熟《う》れると、兄さんが木に登ってとってくれたわ。ほら、この緑色の玉、これで数当《かずあ》てごっこが出来るのよ」

ポケットの中から数個の玉をとりだして握《にぎ》ると、市子は、

「何個あるでしょ？」

と意味ありげにほほえむ。麻紀江《まきえ》が大声で応《こた》える。

「うーん、七個や」

あわてたように裕太《ゆうた》が
「五個」

と言うと、すかさず
「おれも五個」

とカド松が続く。市子《いちこ》がそっと手を開くと、その緑色の玉は七個だった。

「はい、麻紀江ちゃんの勝ちよ」

麻紀江は大事そうにそっとポケットに入れ、肩《かた》をすくめた。

「奥《おく》へ行ってみるかい？」

道雄の誘《さそ》いに、みんなあわてて立ち上がった。さっきからうずうずしていたのだ。

そこは、花ゴザを敷《し》いてあった場所の三倍ほどの広さだろうか。等間隔《とうかんかく》に並《なら》んで立つ木々は、どれも熟《じゅく》した実をつけている。柿《かき》やビワ、イチジク、黒いムクの実、そしてアケビ。数知れない木々が、季節《きせつ》に関《かか》わりなく実をつけているのだ。

「ひえーっ、なんでこげんあると？」

のけぞるような奇声《きせい》を発しながら、幸造《こうぞう》がそこら中の木々に手を伸《の》ばしている。

「食《く》うてもよかとや」

「いいよ。なくなることはないから、好きなだけ食べていいよ」

道雄《みちお》が楽しげに答える。

「何か気がつかないかい」

その目が、いたずらっぽく笑《わら》っている。

「これはみんな、綾瀬《あやせ》の山や野にある木だよ」

慎矢《しんや》は思い出していた。ひと晩行方《ばんゆくえ》が分からなくなっていた六平《ろっぺい》が戻《もど》ってきたとき、

「アケビば食うた」

と言い、さらに、

「子供のおった」

とも言っていたことを。あのとき、誰《だれ》一人として六平の言葉《ことば》を信用した者はいなかった。知らない子供を目にしたうえ、季節《きせつ》はずれの木の実を食べたなどと言うのは、六平がボケている証《しょう》拠《こ》だと誰もが思ったのだ。「そうじゃなかった、じいちゃんは本当のことば言うとったんだ」

と、慎矢は心に痛《いた》みを感じながら六平の顔《かお》を思い浮《う》かべていた。

ビワ

「お姉ちゃん、うまいなあ」

深い緑の葉を押しのけるように、鮮《あざ》やかな色をきわだたせて鈴《すず》なりになったビワ。そのだいだい色に熟《じゅく》したビワの皮をむきながら、リコがうんとうなずく。麻紀江《まきえ》は次つぎにビワに手を伸《の》ばす。慎矢《しんや》も幸造《こうぞう》も、そんな麻紀江に負けるものかとあわてて両の手をつきだした。

「甘《あま》いだろ、そのビワ」

道雄《みちお》が、ビワの木を見上げながら言った。

「ぼくの家にも、なほみの家にもビワの木があってね。あのときも、枝《えだ》がしなるほどたくさんの実をつけていたよ。なほみの家の木は焼《や》けてしまったけど、ぼくのところのは無事《ぶじ》だった。ぼくはいつも思っていたんだ。ビワの色は、月の色と同じだって。だけど、あの夜の月は違《ちが》っていた。白くて冷たい色だったんだ。その月の光の中で、ビワはいつもより濃《こ》い色をしていたなあ」

吐息《といき》のような道雄《みちお》の言葉《ことば》が、慎矢《しんや》たちの心に静かにしみ渡《わた》っていく。ビワは、彼らの口の中で、十年前の悲《かな》しみを洗《あら》い流《なが》すかのように、みずみずしい香《かお》りをただよわせた。

リコの頬《ほほ》は涙《なみだ》でぬれている。道雄の話を聞きながら、リコは、もう幾度《いくど》となく涙を流していた。泣《な》き声をあげるのではない。自然に体の中からあふれ出ているのだ。それは、リコ自身が意識《いしき》しないもののようであった。心の奥《おく》の深いところで眠《ねむ》らされている何かが、涙の川をさかのぼり、じわりとにじみ出ている。リコの意識の外のことながら、それはまぎれもなくリコ自身が流す涙に違《ちが》いなかった。

「わたしね」

ビワの木を見上げながら、市子《いちこ》が静かに語り始める。

「あの日、なほみちゃん家《ち》のビワをもらって写生《しゃせい》したの。おばあちゃんといっしょにね。わたしもおばあちゃんも絵を描《か》くのが好きだったから。描いた絵を交換《こうかん》して、枕元《まくらもと》に置《お》いて寝《ね》たの。おばあちゃんはすぐに眠《ねむ》ったけど、私はなぜか眠れなかった」

眠れないまま窓からさしこむ月の光を見ていると、隣《となり》の部屋から、

「東の空が真っ赤になっている。博多《はかた》が焼《や》けているのかもしれない」

と兄の声がした。「博多《はかた》が焼《や》けている」という言葉《ことば》は気になったが、それがどういうことなのか市子《いちこ》には分からなかった。目を閉《と》じ、うとうとしかかったとき、突然《とつぜん》サイレンが鳴《な》り響《ひび》き、外が騒《さわ》がしくなった。

「市子、おばあちゃん、早く防空壕《ぼうくうごう》へ入って」

母の必死《ひっし》の叫《さけ》び声に、市子は飛《と》び起《お》きて祖母《そぼ》の手を取った。裏庭《うらにわ》の畑の隅《すみ》に、父が作った防空壕がある。去年、再召集《しょうしゅう》を受けた父が、出征《しゅっせい》前に畑を掘《ほ》って作ったものだ。その防空壕へ避難《ひなん》する途中、市子は部屋へ引き返した。みんなよりおくれて外へ出たその頭上《ずじょう》に、夜空を切りさきながら降《ふ》ってきた火の雨が襲《おそ》いかかったのである。

「ビワの絵を取りに戻《もど》ったわたしがいけなかったの。わたしの体とおばあちゃんの絵に火がついて、わたし、焼けてしまった」

台所を焦《こ》がしただけで母屋《おもや》は無事《ぶじ》だった。市子《いちこ》が描《か》いた絵も、祖母《そぼ》の枕元《まくらもと》にそのまま残っていた。その絵を胸《むね》に抱《だ》きながら、

「何で市子が死んだ。何でわたしじゃなくて市子が死ななきゃならんのか。ごめんね、市子ごめんね」

祖母は狂《くる》ったように叫《さけ》び、まだ熱い大地に身を投げ出して泣《な》きくずれた。母もまた、防空壕《ぼうくうごう》へ行けなどと言わなければ良かったのにと自らを責《せ》め、自分の胸《むね》を激《はげ》しく打ち続けた。

「おばあちゃんはね、わたしが描いたビワの絵をお仏壇《ぶつだん》に飾《かざ》ってて、毎日話しかけてくれるの。今年はお米のできがいいよ、市子ひもじくはないかね。雪が降《ふ》ったよ、市子寒《さむ》くないかいって。わたし、今でもおばあちゃんが大好き」

みんな言葉《ことば》をなくしていた。黙《だま》ったまま市子を見つめ、そっと視線《しせん》をずらしてかたわらのビワの木を見上げた。ごわごわとかたい葉のかげで、ビワは甘《あま》い香《かお》りを放《はな》っている。

「俊介《しゅんすけ》ちゃんは、何で一、二、三って三歩しか歩かへんのやろ。三歩あるいたらすぐにハイハイするねんなあ」

なにやら考えこむように麻紀江《まきえ》がつぶやいた。三歩以上は歩かない俊介《しゅんすけ》に、ちょっぴり不満《ふまん》気《げ》だ。

「俊介はね、あの空襲《くうしゅう》の日、晩ご飯の時に初めて一人で歩いたんだ。一歳と十日目だったよ。こうやって立ち上がって、一歩、二歩、三歩。みんなで手をたたいて喜《よろこ》んだんだ」

その日のことを思い出したのか、兄の登《のぼる》はクスッと笑《わら》いながら目を細めた。そうか、俊介は一歳と十日目に三歩あるいて、そして死んだのか。慎矢《しんや》は、深く息《いき》を吐《は》きながら、寝《ね》ころんでいる俊介を見た。俊介は、小さな右手の指先で、ツンツンとなほみの脇腹《わきばら》を突《つ》っついている。なほみがキャッと叫《さけ》んで笑う。俊介がまた突っつく。同じ動作《どうさ》をあきもせずくり返している二人。

「僕たちの『時』は、止まったままなんだ。あの日限《かぎ》りでね。だから俊ちゃんは四歩目の足が出ないんだよ」

道雄《みちお》が、遠くを見るように顔《かお》を上げた。その視線《しせん》は、ヤマモモの木のはるか上方に向けられている。まるでそこに無限《むげん》の広がりを見せる青空があるかのように、その目は青く輝《かがや》いている。

「なほちゃんはぼくん家《ち》の隣《となり》の子なんだ」

なほみにそそがれる登《のぼる》のまなざしには、やさしさばかりではなく、耐《た》えがたいあわれみが交《こう》差《さ》しているように見える。

「なほちゃんはヒヨコが大好きでね。とてもかわいがっていたよ」

空襲警報《くうしゅうけいほう》のサイレンが鳴《な》り響《ひび》き、人々の立ち騒《さわ》ぐ大きな声がしても、なほみはぐっすりと眠《ねむ》りこんでいた。二人の姉といっしょに寝《ね》ている部屋に、血相《けっそう》変えた母親が飛びこんできても、なほみは目を覚《さ》まさなかった。なほみを起《お》こして早く防空壕《ぼうくうごう》へ行きなさいと姉たちに言いおいて、母は寝たきりの祖父《そふ》のところへ走った。ぼんやりと目を開けたなほみには、そのあわただしい周囲《しゅうい》の動きが理解《りかい》できない。それでも、一歩外へ出ると、目を見はって立ちすくんだ。目の前は一面の火の海。飛び散ったどろどろの油は火を噴《ふ》き上げ、あたりを焼《や》きつくすように燃《も》え広がっている。その炎《ほのお》の中で、なほみは姉たちとはぐれてしまった。恐怖《きょうふ》と不安にふるえるなほみの耳に、激《はげ》しく羽《は》ばたく鶏《にわとり》と、消え入りそうなヒヨコの鳴き声が聞こえてきた。

なほみは、焼け落ちた鶏舎《けいしゃ》の片隅《かたすみ》で発見された。大好きだったヒヨコや鶏《にわとり》たちは黒こげになってなほみといっしょに死んだ。隣《となり》の牛小屋では、牛が一頭、大きくふくれ上がったまま横たわっていた。囲《かこ》い棒《ぼう》をはずしてもらいながらも、火の海の中で足がすくんでしまったのだろう。家人《かじん》の誰《だれ》も棒をはずした者はいなかったので、鶏舎へ入る前になほみがはずしたに違《ちが》いないと、母は小さななきがらに取りすがって泣《な》き叫《さけ》んだ。

「戦争《せんそう》が何なのか、ぼくには分からなかった。ただ、すごくひもじかったよ。顔《かお》にはよくおできができてたしね。栄養不足《えいようぶそく》だろうって母さんが言ってたけど……」

俊介《しゅんすけ》となほみにそそがれた登《のぼる》の視線《しせん》が、行き場を失ったようにゆらりと傾《かたむ》いた。

「ぼくのおじさんも隣《となり》のお兄さんも、市子《いちこ》の父さんも兵隊《へいたい》さんになった。だけど綾瀬《あやせ》は本当に静かだったんだよ」

「配給《はいきゅう》のくじ引きで黒いズックが当たったときは、本当にうれしかったわ。ゴムまりの上に乗っかってるみたいにポンポンはねながら歩いてたら転《ころ》んじゃって、ふふっ、みんなに笑われたのよ」

ハイハイしてきた俊介が、登のひざに手を置《お》きながらアハッと笑った。その横からつと手をのばしたなほみが、俊ちゃんおいでと小さな胸《むね》に抱《だ》きしめる。その様子《ようす》に微笑《ほほえ》みかけながら、

「綾瀬に降《ふ》った火の雨は、いっしゅんの間にたくさんの人たちの幸せを奪《うば》ったんだ」

道雄《みちお》は初めて暗い声でつぶやいた。

何かをふり切るように座《すわ》り直した道雄が、上半身を乗り出して慎矢《しんや》たちを見回した。

「ところで、ねえ。君たちの夢《ゆめ》を聞かせてくれないか」

道雄の瞳《ひとみ》が、キラリと輝《かがや》いている。

「夢？………」

慎矢は幸造《こうぞう》と目を合わせ、オウム返しのように問い返した。

「何か夢があるだろ。大人になったら何をやりたい？　幸造くんの宝物探《たからものさが》しは別にしてさ」

幸造《こうぞう》ののどもとがかすかに上下した。ごくりとツバを飲《の》みこんだようだ。

「おれ、別に何もなか」

ぼそりと慎矢《しんや》が答える。

「おれ、あるぜ、あるぜ」

幸造が大声を出した。慎矢は驚《おどろ》いてその顔《かお》を見つめる。いままで一度だって、幸造の夢《ゆめ》なんて聞いたことがないのだ。

「おれ、いま思うたとばってん、大工《だいく》になりたか気のするったい」

「大工かあ、いいなあ、いいなあ」

道雄《みちお》は座《すわ》り直してひざを抱《だ》いた。その目がうれしそうに笑っている。

「なんだかぼく、楽しくなってきたよ。だって、ぼくが生きて大人になってたら、きっと幸造君の建《た》てた家に住んでいたと思うなあ。そこで新しい命《いのち》が生まれ、その子が大きくなったとき、いまの君のように夢を語っただろうね。漁師《りょうし》だって、探検家《たんけんか》だって、何だっていい。生きてさえいれば夢を追い、夢に近づくことができるんだもの。家っていいねえ」

遠くを見つめるように目を細めた道雄は、くちびるの端《はし》に深い笑《え》みをたたえた。

「その家の中で、ぼくは父さんのように、自分の子供たちを力一杯抱《だ》きしめていたと思うよ」

「お前も、何か夢があったとや」

低い声で幸造《こうぞう》が問いかける。

「うん。ぼくはね、船乗《ふなの》りになりたかったんだ。軍艦《ぐんかん》じゃないよ。商船《しょうせん》さ。大きな船に乗って世界の海を見たいって、小さいころから思ってたんだ」

慎矢《しんや》はだまって道雄《みちお》の話に耳を傾《かたむ》けていた。綾瀬《あやせ》は、南に連《つら》なる山々と、そのすそ野に広がる平野部からなっている。海を見たくてもめったに見る機会がないから、慎矢には海のことはよく分からない。船乗りの話などなおさらだ。

「ぼくたち、もうすぐ風になるんだ」

「風?」

ついさきほども、道雄は「風になる」と言っていた。本当の風になる、と。慎矢たちは、理《り》解《かい》できない道雄の言葉《ことば》にただぼんやりとしていた。リコも、真剣《しんけん》な面持《おもも》ちで道雄を見つめている。

「この鬼《おに》ぐらの外で、ぼくらは小さな風だけど、まだ本当の風じゃない。ぼくは少しだけ遠くへ行くことがあるけど、登《のぼる》たちはまだ綾瀬から出たことがないんだ。ね、登」

「うん、ぼくはいつも兄さんの側《そば》にいたい。仕事しながら兄さんは、ときどきふーっと大きな溜息《ためいき》をついて悲しそうな顔をするんだ。母さんや俊介《しゅんすけ》やぼくのことを思い出してね。ぼくは兄さんの明るい笑顔《えがお》が好きさ。その笑顔が見たくて兄さんの頬《ほほ》にふれるんだ。ぼくが近づくと、兄さんの目がやさしく笑うんだよ。

僕《ぼく》の夢《ゆめ》って何なのかなあ。考える前に死んじゃったから、分からないなあ。でも、ぼくもいつかは風になって大空を渡《わた》って、いろんな国の子供たちと仲良《なかよ》くなりたい。そして、兄さんのように泣《な》いている子がいたら、そっとやさしく吹《ふ》いてあげたいな」

俊介《しゅんすけ》が、なほみの背にもたれてうとうとしている。その小さな眠《ねむ》りの息《いき》づかいを感じて、くすぐったそうにうふふと笑っているなほみを見つめながら登が低くつぶやいた。

「なほちゃん、いつか言ってたなあ。こんどヒヨコを飼《か》うときは一羽《いちわ》だけにするって。一羽だったら助けられるって」

「わたしね」

市子《いちこ》が、はにかむように頬《ほほ》を赤らめている。

「一度だけ口にした海ほおずきが忘れられないの。空襲《くうしゅう》の四日前にね、一週間に一度来る魚売りのおばさんにもらったのよ。塩《しお》からくて生臭《なまくさ》かったけど、すごくおもしろかった。もういちど、あの海ほおずきを鳴《な》らしたかったわ」

言い終わると、市子は口をすぼめ小さな舌《した》をちらっとのぞかせた。海ほおずきを鳴らしているんだ、と慎矢《しんや》も思わずくちびるを突《つ》きだしていた。

「わたしも、おばあちゃんのそばから離《はな》れたくない。おばあちゃん、いつも背中丸めて座《すわ》っているから、お腹のあたりがただれてるの。わたし、そこに冷たい風を吹《ふ》きかけてあげるのよ。ほう、ほう、涼《すず》しいなあって、気持ちよさそう。おばあちゃんの喜《よろこ》ぶ顔《かお》が見たいから、わたしも綾瀬《あやせ》にいるわ」

道雄《みちお》は立ち上がり、両手を高くあげながら歌うように言った。

「ぼくは遠くへ行くよ。ぼくは船員になりたかったから、いまでも気がつくと海に出てるんだ。タンカーや貨物船《かもつせん》を見つけると飛んでいってマストに腰《こし》かけるのさ。ぼくはじっとしているのに、揺《ゆ》れるんだよ。なぜって？　波が船を揺らすんだ。船がマストを揺らすんだ。マストがぼくを揺らすんだ。ぼくはマストの上に立ち上がって水平線《すいへいせん》を見つめる。こんなふうにしてね」

うっとりと目を細め、左右《さゆう》に体を揺《ゆ》らしている道雄。道雄は、自分の夢《ゆめ》といっしょに揺れているのだと慎矢《しんや》は思う。

「外国にも行ったとや」

道雄の動きに合わせるように首をふっていた幸造《こうぞう》が、からかうような口調《くちょう》で言った。

「うん、行ったよ、って言いたいんだけど、それはまだだ。まだ勇気《ゆうき》が出ないんだ。船が港《みなと》を出て陸地《りくち》が隠《かく》れようとするとき、決まってぼくは不安になる。綾瀬が恋しくなってあわてて戻《もど》ってきてしまうんだ。

でも、ぼくたちはもうすぐ本当の風になる。本当の風になったら、体の中にたまっていた勇気があふれ出て、ぼくは強くなっているだろう。ぼくは、世界中の海を旅するんだ」

船員になれなかった夢が形を変えてかなえられるのももうすぐだね、道雄《みちお》くん、と慎矢《しんや》は心の中でつぶやいていた。

「なほみちゃんや俊介《しゅんすけ》ちゃんは？」

聞きとれないほどの細い声でリコが聞く。すかさず、おどけた顔《かお》で登《のぼる》が言った。

「俊介はぼくといっしょだよ。なほちゃんは俊介の大好きなお姉ちゃんだし、ぼくらはいつもいっしょにいるよ」

おだやかな顔で、悲しいそぶりひとつ見せない道雄たちに、

「お前たち、強かとやねえ」

と、感心《かんしん》したように幸造《こうぞう》がつぶやく。

「そうじゃない。ぼくたちだって泣《な》いたんだ。涙《なみだ》が出なくなっても泣き続けたんだよ。でも、笑《わら》ってる方が心があたたかいって気がついたんだ。それに、そのほうが楽しいだろう？」

道雄の笑顔を不思議《ふしぎ》そうに見つめていた麻紀江《まきえ》が、口をとがらせて尋《たず》ねる。

「なあ、心ってどこにあんねん。うち、ようわからへん」

「そうだな、心って、愛《あい》の中にあるよ」

「あいって？　愛って何やの」

「うん、心は愛に抱《いだ》かれているよ。人はね、どんな困難《こんなん》にもうち勝つ力を持っているんだよ。愛に抱かれた心さえ失わなければね」

幸造《こうぞう》が、感心したとでも言うようにへえっ、へえっと繰《く》り返している。慎矢《しんや》、お前知っとったやとその目が慎矢に流れてくる。おれも知らんやったとばかりに、慎矢は激《はげ》しく首をふった。

「愛を感じると心があたたかくなる。心があたたかいとそこに愛が生まれるんだ」

道雄《みちお》の笑顔《えがお》が、澄《す》みきったやさしさをもってリコに向けられていた。

愛《あい》とか心とか、おれにはようわからん、と慎矢《しんや》はぼんやりした目をリコへ向けた。うつむいたリコの、その水玉模様《みずたまもよう》のスカートに大小の丸い小さなシミがついている。シミの部分だけが濃《こ》く変色しているのだ。道雄《みちお》たちの話を聞きながら、たびたび涙《なみだ》を流すリコの姿《すがた》を目の端《はし》に入れてはいた。だが、スカートににじんだ涙のあとを目にしたとき、慎矢の心は激《はげ》しく波打った。去年、残間《ざんま》神社の楠《くす》の根もとで泣《な》いていたリコの姿が、大きくよみがえってきたのだ。何か想《そう》像《ぞう》もつかない悲しいできごとがリコの身に起こっていたに違《ちが》いない、と慎矢は確信《かくしん》していた。

「おれ、いま気がついたとばってん。お前なあ、おれたちがここへ来たとき、いつもいっしょだったたって言ったよなあ」

「そうだよ、幸造《こうぞう》くん。君がいつも慎矢くんといっしょにいるように、ぼくたちもいっしょに遊んでたんだよ」

「風？　かあ？」

「そうさ。君たちが川で遊べば川面《かわも》に、寝《ね》ころんだら草の葉を揺《ゆ》らすよ。五月ごろだったかな、サルを捕《つか》まえるって山に入ったことがあっただろ。あのときもいっしょだったんだよ。慎矢《しんや》くんの好きなハンミョウの羽《はね》に乗って飛ぶこともあるし、裕太《ゆうた》くんのおねしょの布団《ふとん》にうっかり近づくこともある。いつだったかな、缶《かん》けりの缶の中で遊んでいたら、幸造《こうぞう》くんがものすごい力で缶をけったんだ。あのとき、ぼくは目を回しちゃった。ほんとに驚《おどろ》いたよ」

道雄《みちお》の話の中に、突然《とつぜん》自分の名前が出たとたん、裕太の両肩《りょうかた》がぴくんと動いた。それもおねしょ布団の主役《しゅやく》だったので、見る見る両頬《りょうほほ》がプーッとふくれた。眉根《まゆね》にしわをよせ、不満《ふまん》いっぱいの目をつり上げたまま、

「おれ、風は好かん。北風は冷たかし、台風の時は恐《おそ》ろしかもん」

と言い放《はな》つ。

「台風や冷たい北風はね、あれは自然《しぜん》のものだよ。だからどうしようもないの。自然の動きが止むまで、ぼくらは木の下や岩かげでじっと待っているんだ」

慎矢はそっと目を閉じた。リコに初めて出会ったとき、綾瀬《あやせ》は台風の吹き返しのまっただ中にあった。道雄は、その強い風とは違《ちが》うと言う。すると、あの夜、楠《くす》の根《ね》もとに身を投げ出し

て泣《な》くリコをぼうぜんと見つめていたあのとき、頬《ほほ》に受けた涼《すず》しい風、あれが道雄《みちお》だったのだろうか。慎矢《しんや》は、まっすぐな目で道雄に問いかけた。

「お前たちの風って、どんな風や」

「そうだな。冷たい北風でもない、気まぐれなつむじ風でもない。僕たちはそよ風になるんだ。どんな人たちにもそっとやさしく吹《ふ》いてあげられるそよ風にね」

登《のぼる》と市子《いちこ》が大きくうなずき、肩《かた》をすくめて笑《わら》った。そして登が、朗《ほが》らかなおどけた口調《くちょう》で
「君たちの心の中で、いつもさわさわと揺《ゆ》れていたいな。いい？」

と言った。

「うちなあ………」

小さな首を傾《かたむ》けながら、麻紀江《まきえ》が道雄を見上げる。

「うちなあ、ようわからへんのやけど、あんたたち、死んではるんやろ？」

「そうだよ」

「そんで風にならはるん？」

「そうだよ」

「そんなら………」

麻紀江はちらりとリコを見る。ハッとしたように目を見はるリコ。

「そんなら、うちのお母ちゃんも風になってはるんやろか」

麻紀江《まきえ》のあどけない声が、静かな息《いき》づかいのように慎矢《しんや》たちの心に響《ひび》いた。みんなはだまったまま麻紀江を見つめ、そしてリコを見つめた。

「そうだよ。君のこのあたりが……」

道雄《みちお》は、自分の胸《むね》に手を置《お》きながら、ひと言《こと》ひと言に力をこめた。

「このあたりが、ほっとあったかくなるときがあるだろ。君の母さんがそこにいて、やさしく揺《ゆ》れているからだよ」

「お姉ちゃんのここにも？」

「もちろんだよ」

パッと目を輝《かがや》かせた麻紀江が、リコの顔をのぞきこむように小さくささやいた。

「お姉ちゃん、よかったな。もう泣《な》かんでもええんよ」

激《はげ》しく頭《あたま》をふったリコは、しかし、すぐに大きくうなずいた。

「少し陽《ひ》が落ちたようだね」

鬼《おに》ぐらの入り口のほうに目をやりながら語る道雄の声は、伸《の》びやかで明るい。

「こげな穴《あな》の奥《おく》におって、何でわかるとやろか」

裕太《ゆうた》のシャツを引っ張《ぱ》りながら、カド松がそっとつぶやく。

「気配《けはい》だよ。一刻一刻《いっこくいっこく》過《す》ぎていく時間の気配で分かるんだ。ほら、あの入り口のほうを見てごらん。外からの光の反射《はんしゃ》が柔《やわ》らかいだろ。壁《かべ》の土もしっとりしているように見えるだろう」

今日の夕焼けもきっときれいだよ、と道雄《みちお》は言葉《ことば》をつぎ、

「もう、さよならだね」

と慎矢《しんや》たちを見回す。

「うち、明日も来るわ。な、市子《いちこ》ちゃん、なほみちゃん、いっしょに遊ぼな」

市子は口もとに小さな笑《え》みを浮かべ、麻紀江《まきえ》と道雄の顔を交互《こうご》に見ている。

「麻紀江ちゃん。ぼくたち、もうすぐ風になるんだ。こうした姿《すがた》で会えるのは、今日一日だけなんだ」

「へえ？　もう会えへんの？」

「いつでも会えるさ。ぼくたちのことを思い出してくれたそのとき、また会えるんだよ」

道雄の笑顔《えがお》が絶《た》えることはない。慎矢たち一人ひとりに目を移しながら、会えてうれしかった、たくさん話ができて楽しかったよと言葉を続ける。

「話を聞いてくれてありがとう。ぼくたちの話、つらくはなかったかい？　つらかったら忘《わす》れていいんだよ。でも、ぼくたちの大好きな綾瀬《あやせ》に、二度と火の雨が降《ふ》ることのないようにして

ほしいんだ。戦争《せんそう》は、小さな幸せや普通《ふつう》の暮《く》らしを平気で奪《うば》う恐《おそ》ろしいものでしかないからね」

そのことだけは心の片隅《かたすみ》にとどめて置《お》いて欲しい、と言葉《ことば》を結《むす》んだ道雄《みちお》は、みんなをうながして鬼《おに》ぐらの外へ導《みちび》いた。

「さようなら。だけど、ぼくたちはいつも君たちの側《そば》にいるよ。君たちを深く感じながら、やさしい風になるんだ。さようなら、さようなら」

さようならと言いながら、道雄が慎矢《しんや》の耳に低く低くささやいた。

「リコちゃんの心は、悲《かな》しみに満《み》ちている。気をつけてあげて。麻紀江《まきえ》ちゃんは大丈夫《だいじょうぶ》。あの子は心配ないよ」

道雄の声は、慎矢の耳もとで風になって揺《ゆ》れた。それは慎矢だけに聞こえ、すぐ側にいたリコには届いていない。


夏休みもあと十日あまりになった。リコも麻紀江も、この夏は一度も熱を出してはいない。顔《かお》も、むき出しの両手両足も陽に焼《や》け、土地の子と変わりないほど健康《けんこう》になった。これはみんな慎矢たちのおかげだと、柏木武《かしわぎたけし》は大声で礼《れい》を言う。

恭一《きょういち》は部活《ぶかつ》で相変《あいか》わらず帰りが遅《おそ》い。遅いながらも、食後の皿洗《さらあら》いは自分の仕事だといって手伝い、則子《のりこ》を助けている。盆休《ぼんやす》みで帰ってきていた父は、六平《ろっぺい》の隣《となり》でいっしょに縄《なわ》ないをし

て過ごした。六平《ろっぺい》のまだらぼけも変わりない。三日前には押入《おしい》れの奥《おく》から古いカバンを取り出し、「じゃ、学校へ行って来る」と外へ出た。ところが、五メートルも行かないうちにもう学校のことは頭《あたま》になく、太田自転車店でお茶を飲《の》んで帰ってきた。ときどきはキヌばあさんが遊びに来ているらしい。縄《なわ》をないながら語りあう、おだやかな声が聞こえたりしている。

鬼《おに》ぐらには、あの日以来一度も行っていない。慎矢《しんや》には、つんと冷たい墓地《ぼち》を抜ける勇気《ゆうき》はいまだにない。まして道雄《みちお》たちがいないのに、遠回りしていくほどの関心《かんしん》も意気《いき》ごみもないのだ。そして幸造《こうぞう》の口から、「巻物《まきもの》だ」、「宝物《たからもの》だ」という言葉《ことば》が出ることはなくなった。すっかりあきらめたのかどうかはわからないが、最近、幸造の声がぐんと低くなって、どことなく大人びてきたと慎矢は感じている。だが、若田川《わかたがわ》でのウナギ捕《と》りの夢《ゆめ》は相変《あいか》わらず消えることはない。ところが、竿《さお》を垂《た》れていても土手《どて》に寝《ね》ころんでいても、ときどきふっと辺《あた》りを見回すことが多くなった。それは慎矢も同じことで、肌《はだ》に心地《ここち》よい風がさわっとふれるいっしゅんに、

――あっ、道雄くん。

と心の内でつぶやくことがしばしばだ。

残間《ざんま》神社の境内《けいだい》で缶《かん》けりをやると、けられて転《ころ》がる缶を拾《ひろ》い上げた麻紀江《まきえ》が、

「幸兄ちゃん、そないに強うけったらあかん。道雄兄ちゃんが目ェ回しはるわあ」

と、いたわるように缶についた汚《よご》れを取ったりしている。

リコと麻紀江《まきえ》が大阪へ戻《もど》る日が近づいたある日の午後、慎矢《しんや》たちは残間《ざんま》神社の大楠《おおくす》の根もとに腰《こし》を下ろしていた。「大蛇《だいじゃ》の背中《せなか》」はいつもひんやりとして気持ちがいい。

「リコ、来年も来るとやろ」

いつになく真剣《しんけん》な顔《かお》つきで幸造《こうぞう》が尋《たず》ねる。

「あんなあ、お姉ちゃん、ほんまはリコやないねん」

風に踊《おど》る木《こ》もれ日を見つめながら、麻紀江がつぶやくように言う。慎矢も幸造も驚《おどろ》いて言葉《ことば》を失なった。リコがリコじゃないって？

「お姉ちゃんな、ほんまはさとこって言うねん。字はな、理科の理ィや」

理科の理、理子《さとこ》だって？

「お母ちゃんが病気にならはったときな……」

「麻紀江、うちが話すわ」

「お姉ちゃん、大丈夫《だいじょうぶ》か」

「うん、大丈夫やで。麻紀江は心配せんで遊んでてええよ」

うん、と答えた麻紀江は、社殿《しゃでん》のほうへ走っていった。裕太《ゆうた》とカド松が、そこでほかの子たちと輪《わ》になって指ずもうをしている。リコはその小さな後《うし》ろ姿《すがた》をやわらかな目で追いながら、

「あの子はかわいそうな子ォや」

とポツリと言った。

「うちらのお母ちゃんな、去年の三月に死なはってん。麻紀江《まきえ》の入学式の一週間前や」

悲しみを必死《ひっし》で押さえているのか、リコの声には元気がない。

「麻紀江はかわいそうな子ォや。うれしい入学式の日にお母ちゃんがおらへんねん。お母ちゃんだけやあらへん。お父ちゃんもおらんかった」

お父ちゃんは、とリコはその日を思い出すように大きな溜息《ためいき》をついた。

リコの父親は大学病院の医師《いし》。麻紀江の入学式の日と、担当《たんとう》する患者《かんじゃ》の手術日《しゅじゅつ》が重《かさ》なってしまった。患者の命《いのち》がかかっている、手術をのばすことなどできるはずもなかった。

着かざった親たちの列に目を向けることができないリコは、式《しき》の間中ずっとうつむいていた。私が親代《おやが》わりになる、と心に誓《ちか》ってはいるのだが、五年生になったばかりのリコには荷《に》が重すぎたのかも知れない。泣《な》いてはいけないとくちびるをかみしめているのに、涙《なみだ》が頬《ほほ》を伝って落ち、ひざの上に組《く》んだ手をぬらした。

「麻紀江はかわいそうな子ォや。でもな、あの子、ニコニコ笑《わろ》うてた。一年生になったのがほんまにうれしかったんや」

幸造《こうぞう》が、地面に目を落としたまま言った。

「お前がおったけん、麻紀江ちゃんはうれしかったとやないや。お前の名前、リコじゃなかと?」

リコは、はずかしそうにうふっと笑った。

大きく腕《うで》を広げた楠《くす》の葉かげに風が揺《ゆ》れて、いくつもの木《こ》もれ日が踊《おど》った。その光の粒子《りゅうし》は三人の背中《せなか》に舞《ま》い、さわやかに頬《ほほ》に触《ふ》れていく。あ、道雄《みちお》がいる、登《のぼる》がいる、風になったあの子たちがいる、と三人は顔《かお》を見合わせそこに遊ぶ風に向かってほほえみかけた。リコは、何かしら大きな勇気《ゆうき》を得たように語りだした。

「うちが生まれたとき、お父ちゃんが理子《さとこ》って名前つけはったんて。そやけどお母ちゃんが、さとこやのうてリコがええわ言うてゆずらはらんかったんやて。そんでうち、お父ちゃんにはさとこって呼ばれて、お母ちゃんはいつもリコや」

「めんどくせえ」

「うん。でもな、うちが八つになったころから、お父ちゃんもリコって呼ばはるようになったんや。お母ちゃんうれしそうやったわ」

「リコの方がお前にピッタリたい。なあ、慎」

慎矢《しんや》はあわててうなずく。

「お母ちゃんの病気な、そのころからだんだん悪うなってな……。ずうっと入院したまんまで、そんで去年死なはったんや」

麻紀江《まきえ》はかわいそうな子ォや、とリコはまたつぶやく。麻紀江がお母ちゃんといっしょに過ごせたのはたった三年。生まれてからたった三年やで、とくり返すリコの瞳《ひとみ》が涙《なみだ》で光っている。

「うちな、おばちゃんに謝《あやま》らなあかんねん。あのとき、せっかく麻紀江をおんぶしてくれはったのに、怒《おこ》ってしもうて。麻紀江な、お母ちゃんにおんぶされたこと一度もなかったんや。ほんま、かわいそうな子ォや」

リコは、自分を責《せ》めるように強くくちびるをかんだ。

「おばちゃんの背中《せなか》ぬくかったでって、あの子が言うとった。うち、おばちゃんにおおきにって言わなあかんかったのに」

リコは、つと立ち上がって両手で顔《かお》をおおった。その声は、かすかにふるえている。

「うち、お母ちゃんの背中のぬくもりを忘れてしもうた。お母ちゃんの顔も声も、だんだん遠くへいきよるねん。お母ちゃんがうちから離《はな》れてしまいよるねん。うち、お母ちゃん忘れとうないのに、忘れたらあかんのに……」

言葉《ことば》を失ったままの慎矢《しんや》の耳に、風の声がよみがえった。あの日、別《わか》れぎわにささやいた道雄《みちお》のあの言葉。

「リコちゃんの心は悲《かな》しみに満《み》ちている。気をつけてあげて。麻紀江ちゃんは大丈夫《だいじょうぶ》。あの子は心配ないよ」

そうだ。母を失った悲《かな》しみの度合《どあ》いを測《はか》ることは出来ないが、心の底深く傷《きず》ついているのは麻紀江《まきえ》ではなくリコの方だ。母親との暮《く》らしが長かった分、思い出も強く残っているにちがいない。幼《おさな》い妹のことばかりに気をとられ、自分は必死《ひっし》に耐《た》えていたのだろう。だからつい、あのようにかたい表情《ひょうじょう》で怒《おこ》った顔《かお》になり、目にもきびしさが宿《やど》っていたのかも知れない。慎矢《しんや》は、去年のあの夜のことを思い出す。あのとき、リコは泣《な》きじゃくりながら大阪に帰りたくないと叫《さけ》んでいた。あのときのリコの気持ちがいまは分かる。母の思い出がいっぱいつまった大阪の家に帰りたくなかったのだ。その悲しみはあまりにも深く、新盆《にいぼん》で母を迎《むか》える心のゆとりなどなかったのだろう。そんなリコの悲しみを、道雄《みちお》は全身で感《かん》じ理解《りかい》していたにちがいない。

「鬼《おに》ぐらで道雄が言うとったぜ。人はどんな困難《こんなん》にも打ち勝つ力を持っとるって。いまのおれにはむつかしすぎてよう分からんたい。ばってん、大人になったら分かるやろ。おれは、あんとき道雄たちと話したことだけはぜったい忘《わす》れん」

まっすぐ背中《せなか》を伸ばし、トントンと胸《むね》をたたきながら幸造《こうぞう》が言った。鬼ぐらで出会った道雄たちのことは、この胸の中にしっかりとしまいこんでいるとでも言うように。

「うん、道雄さん、うちに気づかせてくれはったわ。うちなあ、このごろお母ちゃんの風を感じるねん。顔《かお》や声は遠《とお》なっても、お母ちゃんの風がうちを包《つつ》みこんでくれはるような気がするねん」

ふり向いたリコの頬《ほほ》に、もう涙《なみだ》はない。

慎矢《しんや》は、「大蛇の背中《だいじゃのせなか》」に舞《ま》う木《こ》もれ日を背《せ》にして、すっくと立ち上がった。体の中を、やさしい風が吹《ふ》きぬけ、りんとした勇気《ゆうき》が芽生《めば》えるのを感じながら力をこめて言った。

「リコ、来年も来いよ。再来年《さらいねん》も来い。ずーっと来るとよか。おれたち、いつでもお前ば待っとるけん」

幸造《こうぞう》が驚《おどろ》いて慎矢を見つめ、

「何や、何やお前、急に格好《かっこう》つけてどげんしたとや」

と言いながら抱《だ》きついてきた。声をあげて笑うリコの髪《かみ》が、緑の風を受けてキラリと輝《かがや》いた。

あとがき

今年三月二十日、私の住む福岡の街は、思いもかけない大きな地震に見舞われました。震源地に近い玄界島の全島民が避難生活を余儀なくされ、テレビや新聞では報道されない街のいたるところで甚大な被害が生じました。

スマトラ沖の津波や、阪神淡路・新潟地震と、近年は自然災害が多いように感じられます。天気予報のように、前もって災害の予報がなされたら、何かと対処の方法もあるでしょう。けれど、いまの科学の力でもってしても、これらを避けることはできません。予測がつきません。でも、私たちは、予測可能な、回避できるもうひとつの災害を知っています。戦争です。人の手によってひき起こされる憎むべき悪です。

二十世紀、生きたくても生きられなかった多くの人たちがいました。夢を抱く前に死んでいった子供たちがいました。愚かな戦争によって、世界中で数知れないいのちが奪われたのです。

昭和二十年六月、私のふるさとにも焼夷弾が投下され、幼児をふくむ八人の方々が犠牲になりました。当時、中国東北部にいた私は、引揚げ後何も知らないまま大人になりました。その真実を知ったのは、ごく最近のことです。

それは、被災者たちの生々しい声を集めた証言集『村に火の雨が……』に出会ったときでした。戦後五十数年を経て編まれた証言のどれもが、「二度と戦争をくり返してはならない」という決意に貫かれています。未来を担う子供たちが大人になったとき、決して銃を向け合うことのないようにという、悲痛な叫びそのものです。

戦争のない時代をと願って迎えた二十一世紀のいまも、世界各地で戦争が絶えません。特に、子供たちの死は悲惨です。心が痛みます。二十一世紀はこの子たちの世界だというのに、大人の無益な争いがその未来を打ち砕いているのです。

私は、微力な抵抗をこの物語にこめました。戦争のない、希望に満ちた未来をあなたたちに残したくて。

二度にわたる大きな地震で社内にも影響が出ているなか、石風社の福元満治氏にはいつもと変わらない笑顔で接していただきました。笑顔は何よりの力の源です。また、いのうえしんじさんの、なつかしさあふれる筆づかいにふたたび出会うことができて、大変うれしく思っております。ありがとうございました。

最後になりましたが、かげながらご協力下さいました方々に、あつくお礼申し上げます。

二〇〇五年六月

前田美代子

参考文献　『村に火の雨が……―六月十九日雷山空襲の記録―』
（編者・発行　雷山空襲を記録する会）一九九九年六月発行

前田美代子（まえだみよこ）

旧満州（現中国東北部）に生まれる。
福岡県立糸島高校卒業。
著書　詩集『男池』（大原美代　石風社）
『ドラキュラ屋敷　さぶろっく』（石風社）
現住所　福岡市南区平和２丁目14番22号

風になるまで

二〇〇五年八月十五日初版第一刷発行
著　者　前田　美代子
発行者　福元　満治
発行所　石　風　社
福岡市中央区渡辺通二丁目三番二四号
電　話　〇九二（七一四）四八三八
ファクス　〇九二（七二五）三四四〇
印　刷　九州チューエツ株式会社
製　本　篠原製本株式会社

前田美代子　絵・いのうえしんぢ

ドラキュラ屋敷　さぶろっく

【読みもの・小学校高学年から】へっぴり腰の少年たちが、ドラキュラ屋敷で見たものは？　戦後間もない九州の片田舎、戦争の影をそれぞれにひきずる少年少女が、未来に向けて歩み出す。友情、好奇心、そして恐怖……さまざまな体験を通し、成長していく日々　一五〇〇円

おぎのいずみ　絵・田中つゆ子

うえにん地蔵　享保の飢饉と子どもたち

【読みもの・小学校高学年から】飢食（グルメ）の時代から江戸の飢饉の時代へ、飢人地蔵に導かれてタイムスリップした十二歳の美紀。筑前では人口の三分の一が餓死したといわれている二七〇年前の享保の大飢饉の時代へ。　一五〇〇円

荻野　泉　絵・いのうえしんぢ

ムーンとぼくのふしぎな夏

【読みもの・小学校中学年から】カギ猫ムーンとヒロシの時間をこえた大冒険、ゴルフ場建設でゆれる福岡市の西・糸島の現在と古代伊都国の王位継承戦争が、石棺のタイムトンネルで結ばれる。――千数百年を一瞬にさかのぼれば、そこは古代の戦場　一五〇〇円

大塚菜々　絵・いのうえしんぢ

ゴールキーパー

【読みもの・小学校中学年から】ぼくは六年生、真面目がとりえで、サッカーに夢中のみんなにはついていけない。だけど最近、何かが少しずつ変わってきたんだ。ぼくはもう、孤独なゴールキーパーじゃない！　一五〇〇円

倉掛晴美　絵・いのうえしんぢ

海の子の夢をのせて　ありがとう、「れいんぼう・らぶ」

【読みもの・小学校中学年から】「ぼくたちの、夢がかなった！」沖を行く白い船を見た日から物語は始まった。実話をもとに、島根県の海辺の全校生徒十九人の小学校の生徒と沖を走るフェリーとの心温まる交流を描く。　一三〇〇円

文・ジミー・カーター　絵・エイミー・カーター

海のかいじゅうスヌーグル

【絵本】ジミー・カーター元アメリカ大統領が若き日、わが子に語り聞かせたおはなしに、娘エイミーが絵を描いて絵本に。足の不自由なジェレミーとちびっこかいじゅうスヌーグル・フリージャーの愛と勇気にみちた海辺のファンタジー（訳・飼牛万里）　一五〇〇円

＊表示価格は本体価格です。定価は本体価格＋税です。